魔道俠客傳

마도협객전

FANTASTIC ORIENTAL HEROES

백무진 新무협 판타지 소설

마도협객전 6

백무진 新무협 판타지 소설

초판 1쇄 찍은 날 § 2011년 6월 8일
초판 1쇄 펴낸 날 § 2011년 6월 15일

지은이 § 백무진
펴낸이 § 서경석

총괄팀장 § 유경화
편집책임 § 어정원
편집 § 박우진

펴낸곳 § 도서출판 청어람
등록번호 § 제1081-1-89호
등록일자 § 1999. 5. 31
어람번호 § 제2-2105호

주소 § 경기도 부천시 원미구 심곡2동 163-2 서경B/D 3F (우) 420-822
전화 § 032-656-4452팩스 § 032-656-4453
http://www.chungeoram.com
E-mail § chungeoram@chungeoram.com

ⓒ 백무진, 2010

ISBN 978-89-251-2537-4 04810
ISBN 978-89-251-2250-2 (세트)

魔道俠客傳

마도협객전

백무진 新무협 판타지 소설
FANTASTIC ORIENTAL HEROES

[완결]

6

청어람

目次

第三十八章
지하의 연옥(煉獄)

마도
협객전

魔道
俠客傳

　무진은 지하 동굴 특유의 습한 공기를 느끼고 있었다. 어두
운 시야. 멀리서 주기적으로 들려오는 물방울 소리. 과거 추
마대로부터 탈출할 때 겪었던 느낌과 비슷했다. 그때는 쫓겼
고 지금은 쫓는 입장이지만, 본래 냄새라는 것은 사람의 기억
을 떠올리기에 가장 좋은 도구다. 질척한 이끼 냄새가 무진을
그때 그 시절의 기억으로 되돌려 놓고 있었다.
　'그러고 보니 굉장히 오래된 것처럼 느껴지는군.'
　무진은 피식 웃음 지었다.
　구산을 빠져나오고, 추마대에서 백령조에 들어가 유원, 진
린린, 법현, 벽화운과 함께 싸우고, 결국은 살마의 후예라는

것이 들켜 구룡성으로 도망치게 되었다.

수많은 일이 있었기에 오래된 것처럼 느껴지나, 기간으로만 따지면 일 년도 채 되지 않는다.

일 년.

그동안 많은 것들이 변했다. 무진은 구산을 떠날 때의 무진과 같은 사람이되, 또한 같은 사람이 아니었다.

'한 가지 변하지 않은 것이 있지. 혈신교를 무너뜨려야 한다는 것.'

무진의 눈이 위험하게 번뜩였다.

생각하면 생각할수록 그렇다.

사부인 종리단에게 치명적인 음기를 남겨놓은 상처는 혈마 때문.

무진을 무림에 출도하게 만든 최초의 대적(對敵)도 혈신교의 혈우삼마이며, 무풍곡에서 목숨을 위협받았던 백염라 맹달도 혈신교, 그리고 결국 지금 혈강시를 만들어내 구룡성에 분란을 일으키는 것 또한 혈신교다.

선대에서부터 내려오는 악연.

결국 무진은 자신과 혈신교에는 크나큰 악연으로 엮여 있다고밖에 생각할 수 없었다.

"혀, 형님?"

"음?"

"기, 길이 나누어져 있다."

말을 더듬으며 퉁방울 같은 눈을 순박하게 끔뻑이는 청년.

칠 척이 넘는 거구의 몸에 사냥꾼들이나 입을 법한 두툼한 곰 가죽을 의복 대신 두르고 있다. 우락부락해 보일 만큼 잘 단련된 팔뚝은 웬만한 여인의 허리만 했고, 커다란 바위처럼 떡 벌어진 어깨는 장정 세 사람 분과도 맞먹을 것 같다.

우공.

구룡성 원로원의 삼태상 중 야수왕의 전인이다.

불과 십육 세라는 것이 도저히 믿기지 않는 덩치와 노안을 지녔지만, 자그마한 사건으로 무진을 진심으로 형님이라며 따를 만큼 순수한 아이이기도 했다.

'그래, 일단은 여기에 정신을 집중하자.'

무진과 우공 두 사람은 지금 천마릉 아래의 비밀 통로로 들어온 상황이었다.

무진은 구룡성주의 장녀인 주소화의 부탁으로 천마릉을 조사하러 왔었고, 이런저런 일들을 겪은 뒤에 결국 이 지하 통로까지 들어왔다.

구절양장처럼 구불구불하고 복잡한 통로 끝에 무엇이 기다리고 있을지는 아무도 모르는 일. 그들이 입구에 들어오기 전에 처리한 혈강시만 해도 다섯 구가 넘는다.

혈강시 하나가 일류를 넘어선 무인 열 명과 맞먹는 것을 생각할 때 그들은 오십 명이 넘는 정예 무사들을 박살 내고 들어온 것이나 다름없을 터.

입구가 그러하니 안쪽에 더욱 위험한 것이 도사리고 있으리라고 추측하는 것은 어렵지 않았다.

한껏 긴장하고 촉각을 곤두세워야 하는 시점이었다.

"이건 힘들겠는데?"

하지만 마음을 먹은 지 얼마 되지 않아 난관에 부딪치고 말았다.

두 갈래로 갈라진 길은 머지않아 각각 다시 두 갈래씩 갈라져서 네 갈래 길이 되어버렸다. 그 네 갈래 길은 또 두 갈래씩 갈라져서 여덟 개의 길이 되고, 그다음엔 열여섯 개, 그다음은 서른두 개가 되는 식으로 급격히 늘어나는 형태였다.

그 모든 길을 다 살펴볼 수는 없는 상황.

게다가 이쪽 길을 지나는 자들은 치밀하게 어떤 단서도 남기지 않았다.

'이걸론 추적할 수 없어.'

무진이 자랑하는 추적술.

건곤일위강을 이용한 신법.

둘 중 어떤 것도 지금은 사용할 수 없었다.

어떠한 냄새도 나지 않고 어떠한 발자취도 남지 않은 길을 어떻게 추적한단 말인가.

고명한 점술가라도 불러오지 않는 한 방법이 없는 상황.

그렇다고 수십, 수백으로 나누어지는 갈림길을 다 찾아볼 수도 없는 일이니 무진으로서는 난감할 따름이었다.

"혀, 형님."

무진이 고민하는 기색을 느꼈는지 우공이 조심스레 의견을 타진해 왔다.

"도, 도움 받을 수 있다. 그러면 길 찾는다. 괜찮은가?"

"도움……?"

이 비밀스런 지하 통로에서 도움을 받다니.

이해 못할 상황은 둘째 치고 그 말만으로도 귀가 솔깃했다.

"좋다. 해봐라."

"저, 정말 괜찮은가?"

"그래. 손해 볼 것도 없는데 한번 해봐야지. 왜 괜찮으냐고 묻는 건지 오히려 궁금한데."

"사, 사부님이 다른 사람 앞에선 하지 말라고 금지하셨기 때문이다."

"금지?"

"보, 보통 사람들은 이해 못한다. 대화, 감정 모두 이해 못한다. 도와주고 나면 우공, 이상하게 본다. 그래서 되도록 그 힘은 쓰기 싫다."

무진은 자신도 모르게 '아!' 하고 우공의 말에 공감하고 말았다.

사람들은 본래 자신과 다른 모습을 일단 경계하고 본다. 무진은 이미 그런 시선과 태도에 익숙했다.

"난 이상하게 볼 일 없어. 그러니 걱정 말고 쓰도록."

"아, 알았다."

우공은 한결 편안해진 얼굴로 앞으로 나섰다.

우공은 바닥에 납작 엎드려서 뭔가의 냄새를 맡고 있었다. 코를 킁킁대며 고개를 좌우로 흔드는데 그 모습이 너무나 짐승 같아서 커다란 곰 한 마리가 눈앞에 있는 듯한 느낌이었다.

우공은 반 각가량 그렇게 서성이더니 갑자기 자리에서 벌떡 일어서서 이빨을 딱딱 소리가 나게 부딪치기 시작했다.

딱, 따닥, 따딱, 딱!

이빨이 부딪치는 소리는 묘한 규칙성을 가지고 있었다. 원래 날카롭고 딱딱한 울림은 사람이 있는 힘껏 소리를 지르는 것보다 더욱 멀리까지 퍼져 나가는 법이다.

우공이 반각 정도 같은 소리를 반복해서 내자, 오른쪽 동굴 방향에서 갑자기 시끄러운 소리가 들려오기 시작했다. 푸드덕거리는 날갯짓 소리, 그리고 고막을 자극하는 날카로운 경호성.

'이건… 쥐?'

동굴 한쪽으로 비켜선 무진의 머리 위로 수백 개체의 무언가가 해일처럼 몰려들고 있었다.

박쥐 떼였다.

야수왕의 후예라는 것은 진실로 모든 짐승들을 다룰 수 있는 것인지.

놀랍게도 우공은 이빨을 부딪쳐서 내는 소리만으로 수많은 박쥐 떼를 불러 모은 것이다.

찌직! 찍! 찌지직!

푸드드득—

"……."

검은 구름처럼 시야를 온통 가려 버리는 박쥐 떼를 보며 무진은 아무런 말도 꺼내지 못했다.

경이로운 광경은 사람의 입을 막아버리는 법.

계속해서 이빨을 딱딱 부딪치는 우공과 그 소리에 맞춰 울렁거리는 박쥐 떼의 움직임을 보며 침착할 수 있는 사람은 이 세상에 없을 것이다.

'대화라도 나누는 건가?'

우공은 손가락을 이리저리 움직이며 박쥐들과 소통하고 있었다.

동물과 사람이 교감을 나누고 서로에게 의사를 전달하는 것. 마치 신화의 한 장면과 같은 모습이다.

우공은 능숙하게 대처하고 있었다.

그는 수를 셀 수도 없이 많은 박쥐 떼의 중간쯤에 뛰어들더니 손을 휘휘 저어 더 이상의 집합을 막았다. 박쥐 떼의 진형이 일그러졌다. 이윽고 그가 손을 크게 휘두르자, 썰물이 빠져나가듯 박쥐 떼가 순식간에 한쪽 방향으로 날아가기 시작했다.

푸드드득—

박쥐 떼는 일말의 고민도 없이 그들의 앞에 놓인 갈림길에서 길을 찾아가고 있었다. 쭉 나아가다가 갑자기 제자리에 멈춰 서는데, 그 모습이 무진에게 따라오라고 말하는 것 같았다.

"우, 우리도 어서⋯⋯."

"그래."

무진은 우공과 함께 박쥐 떼의 뒤를 따르기 시작했다.

오른쪽, 왼쪽, 오른쪽.

박쥐 떼의 뒤를 따라 일다경가량을 달려갔다. 마침내 비릿한 냄새가 풍기는 곳에 다다를 때쯤 잘 나아가던 박쥐가 갑자기 제자리에 멈춰 섰다.

"왜 그러는 거지?"

우공은 푸드덕대는 박쥐들을 보며 이를 몇 번 부딪치더니 대답했다.

"이 이상은 갈 수 없다."

"어째서?"

"무서운 것이 있다고, 더 이상 가면 죽게 된다고 한다."

'무서운 것? 죽게 된다?'

박쥐들에게 그런 공포를 줄 수 있는 것이 무엇이 있을까?

무진은 무저갱처럼 새카맣기만 한 동굴을 바라보며 눈살을 찌푸렸다.

"그럼 여기부터는 우리가 찾아가야 하는 건가?"

"바, 방향은 알려줬다. 여기서부터는 왼쪽으로만 가면 된다고 했다."

우공의 말을 뒷받침하듯 개중에 가장 큰 몸집을 가진 박쥐 한 마리가 푸드덕거리며 왼쪽 동굴 앞을 한 바퀴 빙 돌고 제자리로 돌아왔다.

"알겠다. 그럼 여기부턴 우리끼리 가지."

"그, 그게 좋다."

우공은 반색을 하며 손을 휘휘 저었다.

박쥐들은 나타났던 것처럼 순식간에 멀리 사라져 버렸다.

두 사람 앞에 남은 것은 비릿한 냄새가 풍겨오는 의문의 입구.

무진은 잠시 제자리에 섰다가 뚜벅뚜벅 그 안으로 걸음을 옮겼다. 우공은 한 걸음 뒤에서 묵묵히 뒤따라왔다.

썩은 고기처럼 비릿한 냄새와 축축한 공기를 참으며 걸어 갔다. 일각쯤 뒤, 무진은 마침내 지하 통로의 끝을 알리는 커다란 대문을 발견할 수 있었다.

'지하에 이런 대문이……!'

절로 감탄이 흘러나올 만큼 커다란 대문이다.

높이는 이 장.

나무를 두껍게 덧대어 만든 그것은 성문이라고 해도 이상하지 않을 것처럼 보였는데, 양옆으로 열 수 있도록 끝에 경첩이 달려 있고 중간 지점엔 당길 수 있는 둥그런 손잡이도 만들어져 있었다.

문 앞으로 다가간 무진은 멀리선 보이지 않았던 글자가 손잡이 위에 새겨져 있는 것을 발견했다.

차례 제(第), 석 삼(三).

제삼(第三)이라는 글씨가 대문에 새겨져 있다.

'제삼이라니? 이 통로가 세 번째라는 뜻인가, 아니면 이 장소가 세 번째?'

머리를 복잡하게 만드는 의문은 직접 들어가 봐야만 해결할 수 있을 것이다.

무진은 뒤쪽에서 우공이 전투 준비를 하는 것을 확인한 뒤 힘껏 손잡이를 당겨 대문을 열어젖혔다.

끼이이익—!

쿵!

대문은 생각보다 손쉽게 열렸다. 보통 가정집의 대문도 이것보단 삐걱거리지 않을까 싶을 만큼 너무나도 부드럽게 열렸다.

활짝 열리는 대문 사이로 이제껏 은은하게만 느껴졌던 역한 냄새가 둑에 갇혀 있던 강물처럼 훅 쏟아져 나온다.

뱀의 그것처럼 비릿한 체취.

썩은 달걀처럼 역겨운 냄새다.

절로 인상이 찌푸려지는 냄새를 참으며 안쪽으로 들어가

자 홍등가의 불빛보다도 더 짙은 홍색의 빛이 사방을 밝히고 있는 커다란 공동이 나타났다.

'이건……!'

무진은 안색을 침중하게 굳히며 주변을 살폈다.

커다란 공동의 중앙에는 마치 어떤 종교적 의식을 할 때 쓰는 듯한 석재 제단이 만들어져 있었는데, 사람 하나를 올려놓기에 딱 좋은 회색 석판의 양옆으로 보기만 해도 섬뜩한 느낌이 드는 커다란 뱀 두 마리가 석판을 내려다보는 형태로 조각되어 있었다.

짙은 홍색의 불빛.

거기에 음산한 느낌이 드는 제단.

그곳엔 눈에 보이지 않는 뭔가가 그들을 지켜보는 듯한 묘한 분위기가 감돌고 있었다. 무진은 주변을 살펴보았다. 제단의 아래쪽엔 단단하게 봉인된 나무 상자들과 물을 담는 데 쓰는 가죽 주머니들이 백여 개나 쌓여 있었다.

반경 이십 장은 될 법한 원형의 공간에 제단이 있고, 그 주변엔 마치 개미굴처럼 어디로 뻗어 있는지 모를 동굴들이 만들어져 있는 상태다.

동굴의 숫자는 스무 개.

코를 찌를 듯한 악취는 그 스무 개의 작은 동굴들로부터 흘러나오고 있었다.

'인위적으로 만든 동굴이다. 도대체 이곳은 뭘 하는 곳이지?

무진은 우공에게 아무 말도 하지 말라는 신호를 보낸 뒤,
가장 가까이에 있는 동굴로 들어갔다.

　동굴은 깊지 않았다.

　길이로 따지면 고작 오 장이나 될까.

　하지만 그 끝에서 무진이 받은 충격은 그보다 훨씬 크고 깊
었다.

　'이곳이 그곳이었던 건가⋯⋯!'

　무진의 눈빛이 흔들렸다. 충격과 전율로 등골이 자르르 울
리는 느낌이다.

　뒤따라 들어온 우공이 헙 하고 숨을 삼키는 소리가 들렸다.
이곳은 그만큼 충격적이었다.

　동굴의 끝에 눕혀져 있는 관은 총 다섯 개.

　그중 네 개에는 푸르스름한 귀기가 감도는 시체가 소매가
긴 옷을 입고 얌전히 잠들어 있었고, 마지막 하나의 관에는
아직 불그스름한 생기가 도는 시체 위로 새빨간 핏방울이 한
방울씩 천장에서 떨어져 내리고 있었다.

　핏방울.

　그게 천장에서 그냥 떨어질 리가 없다.

　천장에는 빵빵하게 부풀어 있는 가죽 주머니가 매달려 있
었다. 중앙 공동에 백여 개나 쌓여 있었던 그 가죽 주머니다.

　'그게 다 피였단 말인가⋯⋯!'

　전율스러운 광경.

그게 다 피라면, 만약 '사람의 피'라면 대체 몇 명을 희생 시켜 그만큼의 피를 모은 것인지 상상조차 되지 않는다.

'혈강시 하나를 만드는 데 열 명의 생명이 필요하다더 니……'

그게 이런 뜻이었을 줄이야.

불같은 분노를 느끼며 뒤돌아보자, 우공 역시도 몹시 당황 하고 불쾌한 표정이다.

무진은 성큼성큼 동굴을 빠져나왔다.

이유는 간단했다.

조금 전까지만 해도 텅 비어 있던 공동에 한 사람의 기척이 느껴지고 있었던 것이다.

"호오, 네놈들은 누구냐?"

제단 앞엔 몸이 너무나 말라서 해골이 아닐까 의심되는 늙 은이가 지팡이를 짚고 서 있었다.

시골 마을 촌장에 어울릴 법한 인자한 외모에 허리는 꼽추 처럼 굽었고, 툭 튀어나온 이마와 곱게 기른 턱수염은 마치 그림으로 그려진 공자의 모습을 보는 듯하다.

하지만 눈앞의 늙은이는 인의(仁義)를 주장하던 성인(聖人) 이 아니다.

눈에는 불그스름한 사기(邪氣)를 품고, 입가엔 잔혹해 보이 는 비틀린 미소를 짓고 있으며, 피에 젖은 왼쪽 손에는 조금 전까지만 해도 살아서 펄떡거리고 있었을 사람의 심장을 들고 있다.

무인은 아니다.

느껴지는 진기와 기세가 너무나 미약하다.

잘 봐줘야 이류의 무공.

하지만 눈에 품은 기세와 전신에서 느껴지는 지독한 죽음의 기운은 절정의 무인을 상대할 때보다 더 무진의 심경에 거슬리고 있었다.

"고작 마교의 무사 두 놈 잡아오는 데 너무 시간이 걸린다 싶었지. 알고 보니 방해자가 있었구먼."

노인은 누런 이빨을 드러내며 클클대고 웃었다.

"사, 사악하다. 일단 죽인다."

무진은 짐승처럼 으르렁대며 튀어나가려는 우공을 손을 뻗어 말리고 앞으로 나섰다.

노인이 사기에 찌든 마인이라면 무진은 그런 마인들의 죽음을 관장하는 사신(死神)이다.

무진은 살마의 기세를 아낌없이 드러내며 노인을 쏘아보았다.

"저 혈강시들을 만들기 위해 몇 명이나 죽였나?"

"흐음, 몇 명이나 죽였냐니? 그건 피를 받는 데 몇 명이 필요하냐는 거냐, 아니면 저 '재료'를 마련하기 위해 몇 명이나 죽였냐는 거냐?"

노인은 극마의 경지에 오른 무진의 기세를 정면으로 받으면서도 태연자약했다.

"두 번 말하게 하지 마라. 이곳에 있는 혈강시를 만들기 위해 몇 명이나 죽였나?"

"클클, 기세 한번 무섭구먼. 천 명 정도는 죽였지. 근처에 들키지 않게 모으느라 꽤나 고생했어."

천 명의 죽음을 말하면서도 너무나 가벼운 말투다. 사람이 아닌 악귀와 대화를 나누는 듯한 느낌. 노인은 거기에 그치지 않고 손가락을 꼽으며 뭔가를 계산했다.

"사람 하나의 몸에서 피가 얼마나 나오는지 아나? 목이나 심장에 구멍을 내고 한 방울도 남김없이 받으면 몸무게의 삼분지이는 돼. 클클. 보통 사내놈 하나가 백 근 정도 나가니까 피는 칠십 근 정도가 나온다는 뜻이지. 그래도 빠듯했다. 천 명 이상 쓸 수도 있었는데 그나마 더 쓰지 않은 것은 순전히 내 자비심 덕분이란 말이다."

노인은 가래가 끓는 목소리로 클클대며 웃었다.

"…이 상황에서 농지거리라니……."

무진의 얼굴이 서릿발처럼 굳은 것은 당연한 일이었다.

구제 못할 악인이다.

당장에라도 목을 쳐버리고 싶은 심정을 억제한 것은 순전히 그 노인에게서 더 들어야 할 정보가 있기 때문이었다.

'하나의 동굴에 강시가 다섯 구. 그런 동굴이 스물이니 총 일백인가. 혈강시가 일백? 그 정도면 소림도 밀어버리겠군.'

소림엔 긴나라와 소림신승 두 사람이 있지만, 그렇다 해도 혈강시가 백 구라면 혼자서 막을 수는 없을 것이다.

설령 최종적으론 막아낸다고 해도 그사이에 다른 제자들이 입을 피해는 엄청날 터.

여러모로 이곳은 치명적인 장소였다.

'다만 문제는 대문에 적혀 있던 '제삼' 이라는 글자인데……'

안쪽으로 들어와 살펴본 결과, 그 대문이 '세 번째 입구' 라는 뜻은 아닌 것이 분명해졌다. 그렇다면 남는 것은 이 '장소'가 세 번째라는 뜻.

즉, 최소한 이곳과 같은 혈강시 제작소가 두 곳은 더 있다는 의미다.

"큭큭, 농지거리를 하는 건 네놈이다. 도대체 뭐하는 놈이기에 이곳에서 그리 당당한 거지? 그 무력, 보아하니 극마의 경지에 오른 모양이다만 그렇다 해도 감히 이곳에 들어오다니, 도대체 무슨 생각을 하고 있는 거냐?"

노인은 비틀린 웃음을 지으며 들고 있던 지팡이를 땅에다가 꿍 하고 내리찍었다.

해골처럼 마른 몸에 가벼운 손놀림.

그러나 그 지팡이의 울림은 동굴 전체를 흔들 만큼 강렬했다.

우르르릉—!

"······!"

뒤쪽에서 사태를 지켜보던 우공이 화들짝 놀라 주변을 경계했다. 지진이 난 듯한 굉음과 함께 천장에서 돌가루가 후두두 떨어졌다.

뎅— 뎅— 뎅뎅—

지상에서 들려오는 듯한 급박한 종소리.

노인이 대체 무슨 수를 쓴 건지는 모르겠으나, 방금 전의 그 일로 어딘가에 신호가 간 것이 분명했다.

그뿐만이 아니다.

노인은 눈에서 붉은색 사기를 번뜩이는 것과 동시에 지팡이에 달린 방울을 흔들며 알아들을 수 없는 주문을 외우기 시작했다.

"옴, 사바 반나야. 함무사바 이아나······."

귀기 어린 법문이 길어질수록 주변의 공기가 불길하게 가라앉고 있었다.

무공과는 다른 기운.

술법이라는 것이 사용되고 있는 것이다. 노인의 눈에서 흘러나오는 혈광이 절정에 달할 때쯤, 주변에 있던 스무 개의 동굴로부터 뭔가가 나오기 시작했다.

키이이익—

카룽— 카르룽—

쌍장동혈강시.

스무 개의 동굴에서 각각 하나씩 튀어나왔다.

시퍼런 인광을 번뜩이며 눈동자가 없는 백안(白眼)으로 일제히 무진을 노려본다.

양팔은 제자리에 선 채로 발목에 닿을 만큼 길고, 통통 튀어 오르는 몸놀림은 경직되어 있으나 짐승의 그것처럼 탄력이 있다.

무진의 눈빛이 깊게 가라앉았다.

그나마 일백 구의 혈강시가 다 튀어나온 것이 아니라 다행이라고 해야 할까.

하지만 안심하기엔 상황이 너무나 좋지 않다.

완성된 쌍장동혈강시 한 구는 절정에 오른 무사 열 명을 상대할 수 있다.

그런 혈강시가 스무 구라면 대문파 하나와 맞상대할 수도 있는 전력인 것이다.

딸랑, 딸랑.

방울 소리가 두 번 울려 퍼지고, 혈강시들이 제단의 근처를 둘러쌌다.

우공은 당장에라도 튀어나갈 것처럼 자세를 낮췄고, 무진 또한 언제든 묵원삭을 풀어낼 수 있도록 손을 허리에 얹어두었다.

"클클클."

그런 두 사람을 내려다보며 웃는 노물(老物).

요괴나 다름없는 노인은 혈광 어린 눈빛으로 무진을 내려다봤다.

"내 이름은 황달. 천상천하 유일존이신 혈신님을 받드는 제삼 혈제원의 원주다. 네놈은 이름이 무엇이냐?"

무진은 싸늘하게 웃었다.

"제삼 원주 따위에게 말해줄 이름은 없다."

"…클클, 건방진 놈이로고."

"하나만 묻지. 혈제원은 총 몇 개가 있나?"

노인은 왼손에 쥔 심장을 흔들며 웃었다.

"이름없는 놈에게 답해줄 이유는 없지."

"대답하지 않으면 당장 죽을 것이다."

"클클, 무지한 놈이로고. 스무 구의 혈강시를 뚫고 나를 죽일 수 있다고 보는 것이냐?"

딸랑—

한 번의 방울 소리.

그와 동시에 스무 구의 혈강시들이 제단의 앞쪽으로 끼어들어 무진의 앞을 가로막았다. 흉흉하게 살기를 드러내며 당장에라도 달려들 것처럼 날카로운 송곳니까지 드러냈다.

무진의 눈이 싸늘하게 빛났다.

"내가 마음만 먹으면 당장에라도 죽일 수 있다."

"클클, 아직 어려서 그런 것인가. 세상 무서운 줄 모르고 날뛰는구나."

술사로서 최고를 자부하는 자의 자만심인가.

황달은 무진의 실력을 우습게 보는 우(愚)를 저질렀다.

그럴 만한 이유는 있다. 무진이 보통 극마의 무인이었다면 혈강시 한두 구로도 충분히 상대가 가능했을 터.

만약 그가 무진이 천하의 구룡성주조차 높게 평가하는 살마의 진전을 이어받았다는 사실을 알았다면 그렇게 마음 놓고 있지는 않았을 것이다.

'죽인다.'

무진은 살수를 쓰기로 마음먹었다.

상대는 혈강시를 다루고, 혈강시를 만드는 사악한 노괴다. 살수를 자제할 이유가 없었다.

게다가 의문의 종소리가 밖으로 퍼져 나간 상태.

속전속결.

일격필살의 한 방이 필요한 시점이다.

'그걸 쓴다.'

무진의 시선이 앞에 벽을 쌓고 있는 혈강시 스무 구 너머의 황달을 향했다.

아무리 무진이라도 혈강시 스무 구를 손쉽게 쓰러뜨릴 수는 없다. 육마겸 중 최고의 파괴력을 가진 뇌겸으로도, 최고의 절삭력을 가진 풍겸으로도 안 된다.

그것은 우공이 돕는다 해도 마찬가지.

하지만 무진에겐 지금껏 선보이지 않고 있는 사문의 비

기가 하나 있었다.

"우공."

"왜, 왜 그러나?"

"내가 저 노인을 죽이면 나를 지켜다오. 아마 반 각가량은 움직이지 못할 거다."

"아, 알았다."

우공은 다른 것은 묻지도 않고 알겠다며 고개를 끄덕였다.

무진은 가슴에 손을 얹고 심호흡을 했다.

중단전에 쌓여 있던 나살층층공의 진력이 끓어오르고, 하단전에 모여 있던 구십여 개의 마정이 일제히 움직인다.

온몸의 혈맥이 터져 버릴 듯한 압박감.

심장이 쿵쾅거리고 손끝, 발끝, 심지어 머리카락 한 올 한 올에까지 무량(無量)한 진기가 깃든다.

화아아아아악—!

터져 나가는 기세.

해일처럼 뿜어져 나가는 존재감은 조금 전 무진의 열 배 이상이다.

극마의 경지에 이르러 전대 살마의 경지에 차츰 다가가는 사신의 힘이 그곳에 있다. 반경 삼십 장이 넘는 공동이 한 사람의 존재감만으로 꽉 차는 듯한 느낌이다.

황달의 안색이 하얗게 질리고, 주변 환경에 무심한 혈강시들마저 태풍을 맞은 깃발처럼 몸을 부르르 떨기 시작한다.

"이, 무슨……!"

뭔가가 잘못되었다는 것을 깨닫는 황달. 그는 황급히 방울을 흔들어 혈강시들에게 공격 명령을 내렸으나 무진의 눈에선 이미 결전의 살기가 폭사된 뒤였다.

가슴으로 뻗은 손.

뇌전의 정기를 가득 담은 신병(神兵)을 부여잡고 상단전의 힘을 한껏 열어 삼단전의 힘을 하나로 합일시킨다.

백에 가까워지는 마정.

구단공을 넘어 십성을 바라보는 나살층층공.

완성에 가까워진 그 힘이 조금도 자제되지 않고 전력으로 뿜어졌다.

키아앗―

앞에서 기성을 내지르며 달려드는 혈강시가 스무 구나 된다고 하나, 무진의 눈에 비치는 것은 단 한 사람일 뿐이다.

가로막는 모든 것을 부수고, 단 하나의 표적을 단호하고 잔혹하게 꿰뚫는 그 힘이야말로 진정한 의미의 천벌.

진(震).

벼락의 이름을 가진 마병(魔兵)이 첫선을 보이는 순간이다.

쿠르르릉―

활시위를 젖히듯 어깨를 뒤로 한껏 빼자 하늘이 무너지는 듯한 울림이 퍼져 나온다.

묵원삭은 필요없다.

한 번 내뻗었다가 회수하는 힘이 아닌, 진정한 의미의 일격필살.

무진이 팔을 앞으로 내뻗는 순간, 육마겸 중 최강의 힘이 흑뢰(黑雷)의 일선(一線)이 되어 직선으로 뻗어 나갔다.

피아아아아아앙—!

공간을 꿰뚫고 시간을 가른다.

가장 가까이 다가왔던 혈강시 세 구는 상체가 절반이나 터져 나갔다.

진살마겸의 투로는 직선이며 또한 나선.

분명히 꿰뚫었으나 그 힘에 휘말린 것은 우그러뜨려 통째로 삼켜 버리는 것이다.

진살마겸은 강철 못지않은 육신을 가진 혈강시 세 구를 꿰뚫고도 조금도 줄지 않은 위력으로 황달을 향해 계속해서 쏟아진다.

옆에 있던 혈강시 두 구가 황달의 앞으로 뛰어든다.

퍼억— 콰직!

둔탁한 소음과 함께 상체가 폭발하고, 양팔이 뜯겨졌다. 산산이 부서져 사방에 흩뿌려지는 푸른빛 선혈. 다급해진 황달이 지팡이를 들어 올려 어떤 기운을 뿜어냈으나, 진살마겸은 그것을 무참히 박살 내고 황달의 심장에 틀어박혔다.

"끄어……!"

황달은 반 토막 난 지팡이를 붙들고 허우적거리며 주저앉왔다.

부들부들 떨리는 육신.

급격히 생기가 사라져 가는 눈빛으로 그는 구멍이 뻥 뚫린 자신의 가슴을 내려다보고 있었다.

"진살마겸, 그 마병을 가지고 있다니… 쿨럭! 그렇다면 네 놈은……."

믿을 수 없다는 듯한 황달의 눈에는 의혹과 불안이 서려 있다.

"살… 마… 였던가……."

자조하듯 클클거리며 웃는 입가에서 핏물이 주르륵 흘러내린다.

혈강시들은 더 이상 덤벼들지 않고 제자리에 우뚝 서 있었다. 명령을 내리던 자가 사라져서 혼란에 빠진 듯한 모습이었다.

석상처럼 굳어 있는 혈강시들.

하지만 무진의 사정도 그리 다르지 않았다. 그는 진살마겸을 내던졌던 그 자세 그대로 굳어져서 조용히 자신의 내기를 다스리는 데 주력했다.

진살마겸은 그가 가진 진기의 절반을 단번에 날려 버리는 마병.

아직 무진이 완전히 다룰 수 없는 마정의 내공을 한꺼번에 뿜어냈으니 평범한 혈맥이 버텨낼 수 있을 리가 만무하다. 무진은 혈맥이 마비되어 움직일 수가 없었다. 움직이기는커녕 숨도 제대로 쉬어지지 않았다.

"크르르릉……!"

그런 무진의 앞을 거구의 청년이 짐승처럼 으르렁거리며 가로막는다.

무진을 지키겠다는 순수한 마음에서 나온 행동이지만, 다 죽어가던 황달은 그 모습을 보고 두 눈을 번뜩였다.

"클클, 정상이 아니었구나!"

뼛속 깊이 사기로 물든 자.

황달은 회광반조로 돌아온 힘을 이용해 마지막으로 방울을 흔들었다.

딸랑.

아스라이 울려 퍼지는 방울 소리.

그와 동시에 석상처럼 굳어 있던 혈강시들이 미친 것처럼 광분하기 시작했다. 조금 전까지의 혈강시들이 잘 훈련된 병사였다면, 지금의 혈강시들은 피를 본 짐승처럼 날뛰는 식이었다.

키아악—

특유의 긴 팔을 칼처럼 휘두르며 달려드는 혈강시를 우공이 막아섰다.

"크허엉—!"

호랑이처럼 포효하는 우공.

거대한 육체가 꿈틀거리더니 혈강시가 휘두르는 손날을 날렵하게 피하고는 허리를 덥석 붙잡고 공중으로 던져 버렸다.

그 뒤에 달려드는 혈강시도 마찬가지.

우공은 공격을 날렵하게 피하고 손에 붙잡히는 족족 혈강시들이 모여 있는 방향으로 있는 힘껏 집어 던졌다.

우당탕!

키에에엑—!

동족의 몸에 얻어맞은 혈강시들은 잠시 바닥을 허우적거렸으나, 얼마 지나지 않아 아무렇지도 않게 일어났다.

애초에 우공에게 불리한 싸움인 것이다.

우공에겐 등 뒤에 두고 지켜야 할 무진이 있다. 두 발을 떼지 않고 치명적인 타격을 주기엔 혈강시들의 육체가 너무 튼튼했다.

그 모습을 지켜보던 무진이 간신히 내식(內息)을 회복하고 말했다.

"우공……."

"형님?"

"이제 됐다. 물러나야 돼."

무진은 거친 숨을 몰아쉬며 우공의 소매를 잡아끌었다.

혈강시를 다루던 황달은 이미 절명한 상태.

하지만 그 때문인지 오히려 혈강시들은 더욱더 날뛰고 있었다. 심지어 처음엔 나오지 않았던 혈강시들마저 집을 공격당한 개미 떼처럼 꾸물꾸물 나타났다.

반면에 간신히 움직이게 되었다고는 하지만 아직 무진의 몸은 정상이 아니었다. 과도하게 팽창되었던 혈맥이 제자리를 찾으려면 반나절은 족히 운기해야만 했다. 아직은 걷기 위해 다리에 힘을 주는 것만도 버거웠다.

'하지만……'

무진은 주변 동굴의 모습을 살펴보며 한 가지를 결심했다.

이곳엔 무려 백 구의 혈강시가 있다.

백 구의 혈강시라면 정천맹도 공격할 수 있는 병력.

지금까지 혈신교의 작태를 생각해 볼 때 이 이상 위험한 복마전이 또 있을까.

주소화는 의뢰할 때 어떤 일이 벌어지고 있는지 알아봐 주기만 하면 된다고 했었지만, 그렇다고 해도 무진은 이곳이 어떤 곳인지 뻔히 알게 되었으면서도 그대로 놔둘 수는 없었다.

'부순다, 마지막 힘을 다해서라도.'

무진은 절반 남은 힘을 모조리 끌어 모으기 시작했다. 억지로 진기를 끌어올리자 온몸의 혈맥이 진동하며 위험 신호를 보냈지만, 의식적으로 무시하고 등 뒤에 돌려두었던 묵원삭을 붙잡았다.

"우공, 입구 쪽으로……."

"알았다!"

우공은 잠시도 망설이지 않고 말뜻을 알아들어 주었다. 말투가 어눌하고 순박하지만, 절대로 머리가 나쁜 것은 아니다.

우공은 달려드는 혈강시의 가슴을 뒷발로 뻥 차버린 뒤 무진의 허리를 붙잡고 입구로 튀어나갔다.

키아아앗—!

혈강시들은 메뚜기처럼 통통 튀는 움직임으로 그런 두 사람의 뒤를 쫓아왔다.

빠르긴 하지만 부산스럽고 맹목적인 느낌.

그 덕분에 두 사람은 혈강시들보다 입구에 먼저 도달할 수 있었다.

무진은 묵원삭의 끝에 뇌겸을 걸고 두 다리를 땅바닥에 단단하게 굳혔다. 대문은 그들이 들어왔던 그대로 활짝 열려 있었다. 커다란 통나무 대문, 옆에 달린 쇠 경첩, 인위적으로 깎아서 만든 거대한 석굴. 무진은 한눈에 구조를 파악했다. 인위적인 석벽 기둥이 천장까지 닿아 있었다.

즉, 양쪽에 기둥을 세우고 천장을 지탱하고 있는 구조이니 기둥을 부수면 자연스레 붕괴한다.

"후우……."

숨을 몰아쉬는 무진.

촤르륵 소리와 함께 풀려 나간 묵원삭은 그 끝에 뇌겸을 매달고 당장에라도 튀어나갈 듯 힘차게 회전했다.

삼 장 길이의 묵원삭을 통해 이루어지는 반회전.

무진은 남아 있는 힘을 모조리 쏟아 뇌겸을 천장의 극점에 박아 넣었다.

꽈아아아앙ㅡ!

뇌겸의 칼날이 전부 파묻힌 극점으로부터 거미줄 같은 금이 그어졌다. 돌가루가 후두두 떨어져 내리고, 위험스런 진동이 동굴을 울리기 시작한다.

키앗ㅡ!!

비명을 지르며 뛰쳐나오는 혈강시들.

하지만 그들이 대문을 통과하기 전에 균열은 기둥까지 뻗어 나갔고, 마침내 돌벽 전체가 무너져 버렸다. 혈강시들은 대문과 함께 무너진 석벽에 그대로 깔려 버렸다.

아무리 강철 같은 육신을 가지고 있다 해도 십만 근의 돌더미에 깔리면 절대로 무사할 수 없다. 혈강시를 만들어내던 제삼 혈제원은 이걸로 봉쇄된 것이다.

"쿨럭……!"

무진의 얼굴이 시체처럼 하얗게 질렸다.

고통은 없지만 피해는 있는 법.

옆에 있던 우공은 거세게 기침을 토해내는 무진의 허리를 붙잡고 반사적으로 그들이 왔던 길을 되돌아 나가기 시작했다.

우르르릉ㅡ!

진동이 점점 강해지고 있었다.

한번 무너지자 걷잡을 수 없게 된 듯, 달려가는 두 사람의 등 뒤로 연신 귀가 먹먹해지는 굉음이 들려오고 있었다. 근처를 배회하던 박쥐들이 황급히 동굴 밖으로 날아가고 앞쪽의 천장에서 돌가루가 후두두 떨어져 내린다.

"쿨럭… 쿨럭……!'

"조, 조금만 더 참으면 된다."

무진의 기침이 점점 더 심해지자 우공은 한층 더 다리에 힘을 주었다. 구룡성 원로원의 제삼호법 야수왕의 운신법이 그 손자인 우공의 발을 통해 세상에 나오고 있었다.

대호(大虎)의 발걸음 같은 장쾌한 움직임.

가벼우면서도 장중한 몸놀림으로 우공은 쏜살같이 지하 통로를 주파했다.

그들이 들어왔던 길을 그대로 돌아나가고, 처음 발을 내디뎠던 천마릉의 입구도 통과했다.

지하 특유의 공기가 사라지며 숨이 탁 트였다. 이제 막 해가 뜨려는 어스름한 새벽. 차갑게 가라앉은 공기를 마시며 밖으로 나온 우공과 무진은 그들이 나오자마자 우르르 무너져버리는 지하 동굴을 보며 섬뜩함을 느꼈다.

저 안에 파묻혔다면 절대로 무사하지 못했을 것이다.

금강불괴라도 수십만 근이 넘는 바위에 깔리면 몸이 산산조각 나는 법이다.

"우공……."

무진이 힘겹게 입을 열자 우공이 얼른 대답했다.

"왜, 왜 그러나?"

"내려."

"어, 어?"

"나를 내려줘."

우공이 허둥지둥하며 무진을 등에서 내려주자, 무진은 비틀거리면서도 끝까지 균형을 잡고 제자리에 버티고 섰다.

바람이 불어온다.

천마릉이 무너지면서 흘러나온 바람보다 더 큰 바람이 정면에서 불어오고 있었다.

"크룽!"

그제야 상황을 알아차린 우공이 잔뜩 경계하며 송곳니를 드러냈다. 조금 전, 황달에게 보였던 것보다 더 큰 경계심을 보였다.

무진은 떨리는 손으로 등 뒤에 메어두었던 묵원삭을 붙잡고 최대한 태연한 모습을 보이고 있었다.

인적이 끊어져 한적한 천마릉.

그곳에 기괴한 가면을 쓴 세 사람이 무진과 우공을 기다리고 있었던 것이다.

사자탈을 쓴 거한.

용안탈을 쓴 사내.

귀면탈을 쓴 꼽추노인.

그 세 사람의 이름은 무진도 잘 알고 있다.

"혈신삼호법……."

혈신을 지키는 혈신교 최강의 삼인방.

몸이 정상이었더라도 한 사람조차 상대하기 힘들다. 혈신 삼호법은 극마의 경지를 넘어선 마인.

세 사람을 상대하는 것은 구룡성 오마(五魔)를 상대하는 것과 같을 터.

하물며 지금 무진의 몸 상태라면 재고(再考)의 가치도 없이 필패.

결과는 죽음뿐이다.

"이거 재미있군."

세 사람 중 귀면탈의 노인이 앞으로 나와 커다란 대도를 땅에 박아 넣고 두 사람의 앞을 막아섰다.

쇳가루를 목에 바른 듯한 거친 목소리엔 진득한 살기가 담겨 있다.

처음으로 공포에 질려 사시나무 떨 듯 몸을 떠는 우공, 그리고 무진 또한 안 그래도 하얗게 질린 안색이 더욱 창백하게 굳어졌다.

"드디어 살마의 후예를 만나게 될 줄이야."

귀면탈은 웃는 것처럼 들썩이고 있었다.

第三十九章
혈신교의 삼호법

마도
협객전

魔道
俠客傳

혈신삼호법의 기세는 굉장했다.

극마의 경지에 오른 우공과 무진이 함부로 입도 뗄 수 없을 만큼, 삼호법의 손가락 움직임 하나하나에까지 긴장해야 할 만큼 압도적이었던 것이다.

하늘을 찌를 듯 막강한 기파가 셋, 게다가 셋이 한 몸인 양 주변을 물 샐 틈도 없이 포위하고 있으니 퇴로는 어디에도 없다.

전후좌우, 심지어 공중까지.

세 사람의 기세에 천마릉 전체가 짓눌리는 것 같았다.

'이건… 위험하다.'

무진은 마른침을 삼키며 '끝'을 예감했다.

지금 이 순간, 그 어떤 수를 쓰더라도 혈신삼호법을 쓰러뜨리는 것은 불가능하다.

그것은 바뀔 수 없는 사실이며, 하물며 도망칠 수조차 없을 만큼 수준 차가 크다는 것이 무진을 절망케 했다.

'셋이 합하면 오마에 필적한다더니, 이젠 그 이상이다. 하나하나가 진마의 경지에 올랐어. 이젠 셋이 모이면 오마보다 강하다.'

구룡성 오마보다 강한 상대.

즉, 사부인 살마 종리단에 필적하는 존재가 눈앞에 있다. 무진은 그 어느 방향에도 활로는 없다는 것을 깨달았다. 목숨을 잃을 것을 각오해야 하는 순간이었다.

"혈신삼호법이 여기엔 웬일이지? 이곳이 그렇게 중요한 곳이었던가?"

무진의 말투는 힐난하는 듯했다. 아무리 혈강시가 중요하다고 한들 교주를 항상 지켜야 하는 혈신삼호법이 직접 나설 정도의 일은 아닌 것이다.

이례적인 일.

굳이 이야기를 끼워 맞춰보자면 삼호법은 무진이 이곳에 왔다는 것을 알고 있다는 이야기밖에 되지 않는다.

잠시 무진이 날카로운 눈으로 그들을 노려보고 있자니, 가장 앞에 나와 있던 귀면탈의 난장이가 뒤쪽의 무너져 내린 비밀 통로를 별 관심 없다는 듯 힐끗 일별했다.

"우리가 이곳에 온 것은 너 때문이다."

"내가 이곳에 있는 건 어떻게 알고?"

"멍청한 소리를 하는군. 우린 네가 구룡성에 들어온 뒤로 계속해서 주시해 왔다. 천마릉 쪽으로 향하는 것도 다 알고 있었지."

귀면탈의 목소리는 쇳가루를 직접 마신 것처럼 거칠었다. 뜻밖의 말에 무진은 피식 웃었다.

"상당히 신경 쓰는군."

그렇게 무서웠냐는 듯한 말투다.

무진의 도발에도 귀면탈의 난장이는 동요하지 않았다. 그저 묵묵히 귀면탈 사이로 붉은색 안광을 빛낼 뿐이었다.

"너와 네 사부는 우리 혈신교에 있어 불구대천의 원수. 지금껏 멀쩡히 살아 있을 수 있게 해준 것만으로도 혈신의 자비로움에 감탄하는 것이 좋을 터다."

"…자비?"

"혈존께선 지금도 좀 더 두고 보고 싶어하시는 모양이지만… 난 그렇게 생각하지 않는다. 전대 혈존을 죽인 살마의 종자를 살려두는 것은 절대로 있을 수 없는 일이지. 지금도 방심하다가 제삼 혈제원을 잃었다. 주씨 남매가 뒤에서 손을 쓴 모양인데, 어찌 되었든 간에 더 이상 천방지축 날뛰는 꼴을 두고 볼 수는 없음이야."

냉혹한 목소리는 마치 죄인의 판결을 내리는 판관의 그것과 같다. 내심 깊은 곳의 완고함과 해묵은 감정이 느껴진다.

무진은 쥐고 있던 묵원삭을 한층 더 강하게 잡았다. 그의 흑요석처럼 새카만 눈동자가 싸늘한 분노를 품었다.

"자비로움? 살려둬?"

무진은 앞에서 그를 지키듯이 막아서고 있는 우공을 옆으로 밀치고 앞으로 나섰다.

"지금 감히 누구를 두고 그런 말을 하는 건가? 너희 혈신교의 종자들이 언제든 사부의 생사를 마음대로 할 수 있었다고 말하는 건가, 지금?"

무진의 눈은 분노로 불타고 있었다.

자신은 비록 나약해서 이 꼴이 되었지만, 사부인 종리단만큼은 그런 가벼운 존재가 아니다.

살마(殺魔).

나살문(羅殺門).

일인전승으로 마중불마(魔中不魔)를 전승해 온 저력은 절대로 무시 받아선 안 된다.

홀로 구룡성에서 독존(獨存)하고 혈신교나 무적백가와 같은 거대한 가문들과도 당당히 맞설 수 있는 살마야말로 구룡성에서 최고라고 무진은 어릴 적부터 그렇게 들으며 자라왔던 것이다.

그 이름을 더럽히는 것.

단순히 무진의 자존심 문제가 아니다.

　자칫 폭주할 수 있는 구룡성에 어떤 '한계'를 부여하고, 중원무림을, 더 나아가 대륙의 평안을 지키는 방어벽이 되는 것이야말로 나찰문의 존재 의의다.

　그런 나찰문이 마인에게 무시를 당해서야 말이 되지 않는 일이 아닌가.

　무진은 중단전에 심어진 나찰층층공의 공력을 필사적으로 움직이며 이곳에서 맞서 싸우기로 마음먹었다.

　살마의 존엄은 무슨 일이 있어도 지켜져야 한다.

　설령 무진이 이곳에서 죽는 한이 있더라도.

　아니, 죽을 위험이 있을수록 두려움을 모르고 맞서 싸워서 그 누구도 살마를 우습게 봐선 안 된다는 것을 온 천하에 각인시켜야만 한다.

　'끝까지 물고 늘어져서 팔 하나, 손가락 하나 정도는 함께 가져간다.'

　무진은 아픔을 느끼지 못하는 무통지체.

　결정적일 때의 방심을 이용하면 그 정도는 가능하리라.

　그 결연한 변화를 느꼈음인지 혈신삼호법 세 사람의 이채를 띤 시선이 모두 무진에게 모여들었다.

　"기색이 바뀌었다. 결사의 각오로 항전할 셈인가?"

　"물론이다."

　"살려줄 수 있는 조건이 있다고 해도?"

"혈신교의 망귀(忘鬼)들도 농담은 하나 보군."

무진은 일고의 가치도 없이 말을 잘랐다.

"한번 들어보지도 않을 건가?"

"장난치지 마라. 이 이상 참아주는 건 힘드니."

오만한 말투.

당당함이 지나쳐 광오해 보이는 이 모습이야말로 무진의 본모습.

혈신삼호법은 기가 막힌 듯한 기색이었다.

"클, 제 사부의 안 좋은 점만 빼다 박았구나. 그 오만함이 네 목숨을 앗아가는 것이다."

무진은 혀를 쯧쯧 차는 삼호법에게 대답도 해주지 않았다.

무진은 혈신삼호법이 그를 살려둘 마음이 조금도 없다는 것을 확신했다. 혹시 그에 대한 조건을 내건다면, 그것은 무진이 받아들일 수 있는 조건이 아닐 것이다.

"클, 아쉽군. 혈신교의 은혜를 입을 기회를 주려고 했건만."

무진은 '역시' 라고 생각하며 비웃음을 흘렸다.

"차라리 죽는 것이 낫겠군."

"클클, 그렇다면 죽어라."

귀면탈이 고개를 까딱이며 웃는가 싶더니 어느 순간 길이가 오 척이 넘는 대도가 머리를 쪼개온다.

번쩍—

도광이 번뜩였다. 바람 소리가 난 것은 그다음이었다.

쉬이익—!

"홉……!"

중간 움직임이 조금도 보이지 않는 엄청난 속도.

대체 그 조그만 몸으로 어떻게 등 뒤에 메고 있던 칼을 뽑은 것인지, 그리고 어떤 동작으로 코앞까지 순식간에 다가온 것인지 지금의 무진으로선 하나도 알 수 없었다.

그가 한 것은 그저 본능적인 움직임으로 묵원삭을 머리 위에서 일 자로 펼친 것뿐이다.

텅 비어 있는 머리로 한 본능적인 움직임.

그 덕분에 무진은 허리가 부러질 듯 뒤로 젖혀졌지만 다행히 머리는 쪼개지지 않을 수 있었다.

까가강—!

"……!"

불꽃이 튀며 팽팽하게 당겨졌던 묵원삭이 이마에 닿을 듯 아래로 휘어진다. 선명한 도기에 머리카락이 갈라지며 이마에서 피가 흘러내렸다.

"아, 안 돼!!"

놀란 우공이 황급히 옆에서 뛰어들었으나, 두꺼운 팔각곤을 휘두르는 사자탈의 거한에 의해 저지되었다.

우공과 막상막하를 이루는 거대한 육신.

맹수가 부럽지 않은 압도적인 기세.

사자탈의 거한은 무진조차 압도하는 괴력을 가진 우공을 어린아이처럼 다뤘다. 그가 팔각곤을 한 번 휘두를 때마다 가죽 북이 펑펑 터지는 듯한 소리가 들리며 우공의 몸이 들썩들썩 흔들렸다.

서유기에 나오는 우마왕(牛魔王)의 위용이 이러할까.

내딛는 발은 지축을 뒤흔들고, 휘두르는 무기는 산조차 무너뜨릴 듯한 붕산의 위력을 품었다.

우공은 궁지에 몰린 야생동물처럼 펄쩍펄쩍 뛰어다니며 간신히 그 공격을 버텨내고 있었다.

극마의 경지에 오른 내공을 가지고 구룡성 태상장로인 야수왕의 무공을 익혔으나, 그 정신은 아직 약관의 나이도 되지 않은 소년인 것이다. 전투의 경험과 감각에서 혈신삼호법을 따를 수는 없는 일. 우공은 그야말로 단매에 맞아죽지 않는 것이 용할 만큼 간신히 버텨내며 연신 뒤로 물러나고 있었다.

우공은 도우러 오지 못한다. 무진은 그것을 알 수 있었다.

그리고 그것을 깨닫는 순간, 힘차게 묵원삭을 한 바퀴 휘돌린 뒤 곧장 몸의 방향을 바꿨다.

"호오……!"

귀면탈의 입에서 감탄인지 경악인지 모를 목소리가 흘러나왔다.

무진의 몸은 사자탈을 향해 나아가고 있었다. 우공을 상대하고 있는 거한. 무진의 눈에는 커다란 등이 무방비하게 드러나 있다.

"타핫!"

짧고 힘찬 기합성.

무진의 손에서 패력절삭의 풍겸이 날카로운 기세를 품고 앞으로 쏘아졌다.

하단전의 막강한 내력은 없지만, 완벽하게 단련된 육체와 중단전의 단단한 기운으로 이뤄낸 공격이다. 일격을 맞으면 사람의 몸으로는 버텨낼 수 없을 터.

하지만 사자탈의 거한은 우공을 상대하면서도 어렵지 않게 곤봉을 뒤로 휘둘러 날아드는 풍겸을 옆으로 쳐냈다.

뒤도 돌아보지 않은 채.

마치 모든 것을 알고 있다는 듯한 움직임이었다.

"어리석은 한 수구나!"

거친 비웃음과 함께 무진의 등 뒤에서 날카로운 도기가 솟구쳤다.

귀면탈에게서 눈을 뗀 대가다.

무진은 황급히 피한다고 피했으나, 일도양단의 기세로 떨어져 내린 도격은 무진의 왼쪽 종아리 근처를 날카롭게 베어 냈다.

푸쉭―

"으음……!"

철철 흘러넘치는 피.

단번에 움직임을 둔화시키는 치명적인 일격이었다.

무진은 지혈할 틈도 없이 발을 뒤로 끌며 옆으로 몸을 굴렸다.

나려타곤.

당나귀가 몸을 굴리는 듯한 동작은 무인으로서는 치욕적인 움직임이었으나, 연이어 날아오는 도격을 피하기 위해선 그 수밖에 없었다.

그럼에도 완벽하게 피해내지 못한 경력이 뒷머리를 스치며 무진이 묶고 있던 머리를 산발로 흩어놓는다. 풀려난 머리끈이 파사삭 하고 불에 타듯이 공중에서 흩어졌다.

콰과광!

무진은 마치 소가 쟁기질을 해놓은 것처럼 깊게 파인 땅바닥을 보며 섬뜩한 기분이 들었다.

그는 숨을 가쁘게 몰아쉬며 자리에서 일어섰다.

난장이가 들고 있는 대도(大刀)는 일말의 자비도 없이 치명적인 요혈을 향해 날아오고 있다.

'아니, 자비가 없다는 말은 틀리지.'

지금 같은 몸 상태.

귀면탈의 호법이 전력을 다한다면 무진은 그 일격으로 죽는다.

손속이 잔인하고 마치 죽이기 전에 쥐를 가지고 노는 고양이 같은 심보일 뿐이지만, 싸움이 시작된 지 일각. 지금껏 무진이 살아 있는 것 또한 일종의 '자비'일 것이다.

게다가 용안탈의 호법은 멀찍이 물러서서 묵묵히 구경하고 있는 상태다.

'그 방심이 너의 치명적인 실수가 될 것이다.'

무진은 뇌겸을 휘둘러 귀면탈의 대도를 막은 뒤 왼쪽 손을 뒤로 돌려 남아 있는 두 개의 묵원삭을 붙잡았다.

양손에 세 개.

갖고 있는 묵원삭을 모조리 쓴다.

그것만이 지금 이 순간 삼호법에게 한 방 먹일 수 있는 유일한 방법이었다.

"벌써 포기한 것이냐!"

거칠게 소리치며 달려드는 귀면탈의 난장이.

그는 자신의 키만큼이나 커다란 대도를 능란하게 다루며 무진의 품속으로 짓쳐들어왔다.

까강! 깡!

무진은 묵원삭을 휘둘렀으나 귀면탈은 그것을 도신으로 쳐내고는 개의치 않고 더욱더 안쪽으로 파고들어 왔다.

순간, 번개가 내리치듯 번뜩이는 도광.

푸쉭!

두터운 대도가 무진의 어깻죽지를 한 치나 베어내고 땅으로 박혀들었다.

게다가 그걸로 끝이 아니다.

바닥을 터뜨리며 다시 치솟은 도첨(刀尖)은 무진의 심장을 노리고 일직선으로 찔러 들어오고 있었다.

가볍게 통통 튀어 다니는 난장이의 발놀림과는 어울리지 않는 육중한 느낌의 공격. 그러면서도 얼마나 빠른지 커다란 대도가 잔상도 남지 않을 만큼 순식간에 가슴으로 쏘아지고 있었다. 그 순간 무진의 눈이 번뜩였다.

'이거다!'

무진은 기다리던 때가 왔음을 깨닫고 미세하게 몸을 비틀었다.

빠르고 강력하긴 하지만, 지금의 공격은 귀면탈이 '죽이기 위해서' 하는 공격이 아니다.

말하자면 상대를 원하는 방향으로 몰아넣기 위한 한 수.

찌르기를 뒤로 피할 수가 없으니 양옆으로 피해야 하는데, 우연인지 노린 것인지 우측에선 우공과 힘겨루기를 하던 사자탈 거한의 곤봉이 때마침 무진이 있는 방향으로 튕겨져 나오고 있었던 것이다.

그러니 무진이 상처없이 공격을 피하려면 왼쪽으로 몸을 움직일 수밖에 없다. 실제로 귀면탈의 난장이는 시뻘건 눈동자로 이미 무진의 왼쪽만을 뚫어져라 노려보고 있었다. 무진이 그쪽으로 피할 것에 한 치의 의심도 갖지 않고 있는 것이다.

하지만 그것은 잘못된 생각이었다.

무진에겐 다른 선택지가 있었다.

'상처없이' 피하려고만 하지 않는다면.

무진에겐 상대에게 결정적인 타격을 줄 수 있는 한 수가 아직 남아 있었다.

푸욱―!

"허어?"

몸속으로 파고드는 날카로운 감각.

뼛속을 얼리는 듯한 차가운 기운. 찢어진 피부에서 흘러나오는 뜨끈한 피.

대도의 도첨이 무진의 오른쪽 옆구리를 관통하고 있었다.

비록 처음에 노리던 심장은 아니지만, 비장이 있는 옆구리는 치명적인 요혈이다. 설마 무진이 순순히 대도에 찔릴 거라고는 생각하지 못했는지 귀면탈의 입에서 의외라는 듯한 놀란 경호성이 흘러나왔다.

"어째서……?"

피할 수 있는 공격을 굳이 몸에 맞아준다는 것 자체가 이해할 수 없는 일.

'자결하려는 건가?'

귀면탈의 호법은 그런 말도 안 되는 생각까지 했다. 그는 혈신교 최강을 논하는 혈신삼호법. 그중에서도 가장 강하다는 귀면탈의 호법이다.

그런 자신의 공격을 스스로 피하지 않고 맞는다?

그걸 자결이라고 부르지 않으면 뭐라고 불러야 할까.

잠시 혼란스러워하던 귀면탈의 호법.

하지만 그는 무진의 흑요석 같은 눈동자를 보는 순간 정신이 번쩍 드는 충격을 받았다.

'아니다! 자결이 아니다!'

무진의 새카만 눈동자는 그를 똑바로 응시하고 있었다.

날카로운 눈빛으로 강한 전의를 담아.

손가락 하나의 움직임까지 놓치지 않겠다는 듯 그를 뚫어져라 '관찰'하고 있는 것이다.

귀면탈은 자결하려는 자는 절대로 저런 눈빛을 하고 있을 수 없다고 생각하며, 본능적으로 대도를 잡고 있지 않은 왼쪽 팔을 가슴 앞으로 들어 올렸다.

그리고 별생각없이 본능적으로 한 그 행위가 그의 목숨을 살렸다.

쫘아아아아아아아아앙—!

"……!!"

한순간이다.

단 한 순간, 무진의 배에 박힌 칼날을 보며 정신을 빼앗겼는데, 그사이에 무진의 등 뒤에서 세 쌍의 쇠사슬이 마치 날개처럼 펄럭이며 한껏 펼쳐지고 있었다.

그 모습은 다리가 여러 개 달린 생물처럼 느껴졌다.

팽팽하게 잡아당긴 활시위.

앞으로 쏘아지기 직전의 오적어(烏賊魚).

그런 환상의 끝에 정면의 공기가 말 그대로 '박살'이 나버렸다.

귀면탈은 번쩍하는 빛과 함께 전신을 거대한 망치에 두드려 맞는 듯한 충격과 함께 뒤로 튕겨져 나갔다. 들어 올렸던 왼팔에 힘을 주고 호신강기를 전력을 다해 끌어올렸으나 그럼에도 강렬한 충격으로 정신을 차릴 수 없었다.

추비무한연옥십팔로(追轡無限煉獄十八路).

묵원삭(墨鴛索).

최후 절초 연성박뢰포(連聲搏雷砲).

우득─

선명한 파골음과 함께 반으로 뚝 부러져 버린 왼팔을 내려다보며 귀면탈은 자신의 두 눈을 믿을 수가 없었다.

그의 육체는 공중에 붕 떠서 뒤로 날려가고 있는 중이었다. 일 장, 이 장, 삼 장…… 이대로 가만히 두면 지평선 끝까지도 날려갈 것 같은 기세다. 그럼에도 귀면탈은 아무런 조치도 취하지 않고 그저 그의 몸을 뒤흔드는 힘에 순응해 가만히 날려갔다.

육체적 충격보단 심적 충격이 더 지대했다.

그는 부러진 왼팔을 물끄러미 내려다보다가 점점 멀어져

가는 무진을 쳐다봤다. 백 장의 거리가 떨어져 있더라도 피부의 솜털 하나하나까지 다 구별해 낼 수 있는 귀면탈의 안력이 무진의 상태를 포착해 냈다.

그는 대도에 억지로 뜯겨져 나간 옆구리를 양손으로 꾹 누르고 있는 상태. 상처에선 장마철의 개울가처럼 피가 철철 흘러넘쳤고 낯빛은 시체와 구분이 안 될 정도로 창백했다.

그럼에도 집요한 시선으로 귀면탈의 두 눈을 똑바로 응시했다. 시선뿐만 아니라 마치 독이 오른 뱀처럼 꼿꼿하게 몸을 세워서 앞으로 쭉 뻗어 있는 여섯 개의 삭두(索頭:쇠사슬의 끝부분)는 언제든 몸을 움직여 귀면탈을 다시 후려칠 것만 같았다.

귀면탈은 마치 거대한 공성추처럼 한데 뭉쳐 굵직한 형상을 이루고 있는 세 쌍의 쇠사슬을 보며 경이로움을 느꼈다.

'대체 이 기술은 무엇인가? 창처럼 쏘아진 여섯 개의 삭두가 한순간에 하나로 합쳐졌고, 갑자기 정면에서 내 몸을 후려쳤다. 거의 빈사 상태에서 사용한 무공이 이런 위력이라니. 도대체 어떤 기술이지? 빈사 상태에서 이 정도라면 몸이 호조인 상태에서 전력을 다하면 대체 어떤 위력이 나오는 것이냐?'

쿨럭 하고 내뱉은 기침에 핏물이 튀어나왔다. 귀면탈의 눈은 초점이 사라진 채 멍하니 풀려 있었다. 가만히 두면 벽에 부딪쳐 온몸이 박살이 나더라도 가만히 생각에 잠겨 있었을 그를 구한 것은 뒤쪽에서 싸움을 구경하던 용안탈의 빼빼 마른 사내였다.

"귀면!"

그는 귀면탈의 사내가 공격을 받았다는 것에 경악했고, 실제로 왼팔이 부러지는 타격을 받은 뒤 마치 정신을 잃은 것처럼 무기력하게 날려가자 다시 한 번 경악했다. 그는 황급히 보법을 밟아 귀면탈의 몸을 등 뒤에서 양손으로 받았다.

쿠웅—!

"헛……!"

처음엔 가볍게 받아 들려던 용안탈사내의 입에서 헛바람이 새어 나왔다. 양손, 양팔, 가슴에서 둔중한 충격이 느껴졌던 것이다. 대체 어찌 된 영문인지 가볍고 왜소한 체구를 가진 귀면탈의 사내는 만근의 거력을 속에 품고 있는 무시무시한 포탄으로 변해 있었다.

꾸욱!

"끄응!"

용안탈의 사내는 황급히 내공을 끌어올려 땅을 딛고 있는 허벅지와 귀면탈사내를 받아 들고 있는 상체의 광배근에 힘을 주었다. 철심을 박은 것처럼 허리를 꼿꼿이 세우고, 정면에서 날아드는 거대한 힘을 전력을 다해 버텨냈다. 앙다문 이빨에서 따닥 하는 소음이 계속해서 머릿속을 울렸다. 다행히 뒤로 밀려나는 몸의 속도는 점점 줄어들고 있었다.

끼이이이익—!

마차가 뒤집어지는 듯한 굉음과 함께 바닥에 깊고 긴 족적을 남긴 두 사람은 뒤쪽으로 무려 삼 장이나 밀려난 뒤에야 멈춰 설 수 있었다.

흙먼지가 뿌옇게 솟아올랐고, 땅이 뒤집어진 것처럼 바닥이 난장판이 되었다.

용안탈의 사내는 경악과 불신이 가득한 눈빛으로 그 참혹한 현장을 내려다보았다.

"이럴 수가……."

망연자실해 있는 용안탈의 품속에서 왜소한 몸집의 귀면탈은 불신이 가득한 목소리로 중얼거렸다.

"전력을 다한 호신강기를 박살 내고 왼팔을 부러뜨리다니… 클클, 대체 이게 몇 년 만인지……."

귀면탈의 사내, 아니, 혈신삼호법 세 사람은 모두 막대한 재보와 무공을 투자해서 만들어진 '생강시'였다.

생강시라는 것은, 살아 있는 사람에게 약재 요법과 무공, 주술적인 모든 것을 집약하여 강시에 버금가는 초인적인 육체를 만들어내는 혈신교의 비전이다.

이름 하여 혈옥천변무상대법(血沃天變無上大法).

피[血]를 물처럼 대는[沃] 무상의 대법을 마치면 육체는 금강불괴가 부럽지 않은 도검불침이 되고, 그 반응 속도나 근력도 기존 무인의 열 배가 넘게 강력해진다.

그런 육체에 호신강기를 덧씌운다면 그야말로 무적.

그렇기에 대대로 혈신삼호법은 지난바 경지 이상의 존재들을 어려움없이 격살해 왔다.

실제로 그동안의 무수한 암투 속에서 혈신삼호법이 몸에 상처를 입은 것은 평생을 통틀어서 열 번이 되지 않았다.

"삼 년 전 혈존님과의 대련 이후… 처음인가."

귀면탈은 어이가 없다는 듯 말하며 아직 충격의 여파로 웅웅 떨리고 있는 대도를 땅바닥에 박아 넣었다.

"과연 살마. 역시 이 자리에서 죽여야 한다는 판단은 틀리지 않았다."

귀면탈이 눈짓을 하자 용안탈의 사내가 초상비를 시전하는 듯한 가벼운 움직임으로 무진의 퇴로를 막아섰다.

정면엔 귀면탈.

뒤쪽은 무너진 천마릉.

사자탈의 거한이 싸움을 하고 있는 반대쪽은 용안탈의 사내가 막아섰다.

전후좌우 모든 퇴로가 막힌 상태.

그나마 남아 있던 일말의 방심도 이젠 버렸다. 무시무시한 기세가 한 점을 향해 쏘아지는 가운데 무진은 제자리에 가만히 서 있을 뿐이다.

귀면탈의 사내에게 연성박뢰포의 일격을 가한 자세 그대로 마치 기절한 것처럼 딱딱하게 굳어져 있었다.

"설마 그런 일격을 숨기고 있었을 줄이야. 몸이 정상이었다면 얼마나 곤혹스러웠을지……. 하지만 이번엔 네 운이 다한 것이다. 죽음을 받아들여라. 그러면 고통없이 혈신의 곁으로 보내주겠다."

귀면탈은 자신의 부러진 왼쪽 팔을 다시 한 번 내려다본 뒤, 말없이 서 있는 무진을 향해 성큼성큼 걸어갔다.

점점 가까워지는 거리.

귀면탈이 가까워질수록 무진을 향한 살기는 하늘을 찌를 듯 강해졌다.

'이젠 틀렸어.'

무진은 고통을 모른다.

고통을 모르기에 상처에 대한 두려움이 없다. 피부가 찢어지는 것도 괜찮고, 피를 흘리는 것 또한 개의치 않는다. 손발이 다 잘려 나가고 배가 갈라져 내장이 비집고 나와도 마지막의 마지막까지 이빨로 물어뜯어서라도 싸울 수 있는 것이 무진이다.

다만 그런 무진도 단 하나 두려워하는 것이 있다. 아무것도 할 수 없게 되는 무력감, 깊은 수렁에 빠진 것처럼 육체가 자신의 명을 안 듣기 시작하는 무한한 허무에 대한 두려움이다.

그것은 인간으로서, 아니, 하나의 생명으로서 태어난 이상 도저히 이길 수 없는 자연의 섭리.

죽음[死].

그것에서 자유로운 존재가 어디에 있을까.

무진은 눈에 장막이 낀 것처럼 시야가 컴컴해지는 것을 느끼며 다사다난했던 생(生)의 마지막이 다가왔다는 것을 알 수 있었다.

꿰뚫린 옆구리에선 양손으로 눌러도 끊임없이 피가 흘러나온다. 과도하게 진기를 끌어 쓴 탓에 혹사당한 혈맥들은 당장에라도 뭉개질 것처럼 비명을 지르고 있었다.

도저히 몸을 움직일 수 없는 상태.

진살마겸을 사용하고, 지하 통로를 무너뜨렸으며, 마지막에 나살층층공을 십성 이상 성취해야만 사용할 수 있는 연성박뢰포까지 사용했다.

이 이상 싸우는 것은 불가능했다.

손가락 하나, 아니, 지금으로선 멀쩡히 서서 숨을 쉬는 것조차 힘들었다.

'혈신삼호법의 왼팔. 그게 마지막 저승길 선물인가.'

좌르릉—

무진은 빳빳하게 세워져 있던 쇠사슬이 힘을 잃고 바닥에 떨어지는 소리를 들으며 정면으로 터벅터벅 다가오는 귀면탈을 담담히 바라보았다.

정면은 오른팔이 무사한 귀면탈의 호법, 좌측에선 흉흉한 살기를 뿜어내는 용안탈의 호법이다. 그리고,

"크아악—!"

　우측에서 사자탈의 거한과 맞붙고 있던 우공이 두꺼운 팔각곤에 얻어맞고 땅바닥을 뒹굴었다. 사자탈의 거한은 의복이 흐트러지긴 했으나 여전히 멀쩡한 모습. 아무리 우공이 강해졌다고 해도 아직 그에게는 무리였던 것이다.

　'우공, 너라도 살아야 할 텐데.'

　천하의 살마의 후예가 그것조차 보장해 줄 수 없는 신세이니 처량하지 않을 수 없다.

　무진은 우공의 목숨을 걱정했으나, 지금으로선 그가 할 수 있는 일은 아무것도 없다는 것을 깨닫고는 묵묵히 귀면탈의 두 눈을 응시했다.

　저벅저벅 다가오는 귀면탈.

　마침내 일 장의 거리까지 다가왔을 때, 귀면탈은 붉은빛이 감도는 안광을 빛냈다.

　"이 상황에서도 눈빛이 죽지 않는군. 헛된 희망이라도 품고 있는 건가?"

　"……."

　"마지막으로 남길 말은?"

　무진은 아무 말도 하지 않았다.

　그저 시선을 피하지 않은 채 마지막의 마지막까지 반격할

기회를 노릴 뿐이다.

"그럼 이만 죽어라."

쉬익—

귀면탈의 대도가 무진의 목을 갈랐다.

第四十章
사승(師承)의 재회

마도
협객전

꽈앙—!

고막을 쩌렁쩌렁하게 울리는 굉음이 울려 퍼졌다. 그 소리
는 사자탈의 거한과 우공이 서로의 괴력을 주고받던 때보다
도 컸고, 잘 단련된 쇳조각끼리 부딪치는 소리만큼이나 맑았
다.

그 소리를 낸 범인은 길가 어디에나 떨어져 있을 법한 돌멩
이다. 무너진 천마릉이 있는 뒤쪽 언덕. 그곳에서 날아온 돌
멩이가 무진의 목을 향해 날아들던 대도의 끝부분을 정확하
게 후려쳤고, 혈신삼호법이 전력을 담아 휘두른 대도는 그 일
격으로 공중에 멈춰 선 것이다.

거력을 담은 대도를 돌멩이 하나로 멈춰 세우는 신위.

무진도 놀랐고, 귀면탈도 놀랐고, 장내에 있던 모두가 놀랐다. 공기는 싸늘하게 식어 있었다. 벌겋게 달아오른 쇳덩이를 단번에 냉수 속으로 집어 던진 것처럼. 귀면탈 사이로 비치는 눈동자가 부릅뜬 채 돌을 던진 범인의 모습을 좇았다.

무진 또한 싸움 중에 적에게서 시선을 떼어선 안 된다는 철칙도 잊어버린 채 고개를 돌려 천마릉의 언덕 쪽을 바라보았다.

한데 천마릉 언덕 쪽엔 아무도 없었다.

범인의 목소리는 어느새 무진의 등 바로 뒤에서 들려오고 있었던 것이다.

"언제 어느 때고 묵원삭엔 삼 할의 진기가 주입되고 있어야 한다. 실력이 늘기는커녕 이런 기초조차 잊어버리다니, 도대체 밖에서 무슨 짓을 하고 다녔던 것이냐!"

"⋯⋯!!"

무진의 눈동자가 풍랑을 맞은 배처럼 거세게 흔들렸다. 있을 수 없는 일이다. 이 목소리, 낮고 웅장하며 세상의 모든 강함을 한곳에 집약시켜 놓은 듯한 압도적인 목소리는 그가 알기로 이 세상에 단 하나밖에 존재하지 않는다.

게다가 어조, 말투, 묵원삭이라 정확하게 칭하는 지식까지.

무진은 떨리는 심정으로 고개를 반대쪽으로 돌렸다.

"사부⋯⋯!"

그곳에 있었다.

젊은 장정이 부럽지 않은 장대한 체구, 백발 백염의 신선 같은 외모에 한 팔과 한 다리가 없으면서도 당당하게 서 있는 노인이.

"죽을 것이 분명한 마지막 순간까지도 상대의 빈틈을 노리고 있었다는 점은 합격. 함께 싸우는 친우의 목숨을 걱정했다는 점도 합격. 하지만 결과적으로 위기를 타파하지 못하고 져버릴 만큼 나약한 무공은 불합격이다. 살마의 후예라면 어떤 사지라도 오연하게 걸어나와야지. 너무 약해서 도저히 그냥 봐줄 수가 없더구나."

냉정한 목소리로 신랄하게 비판한다.

하지만 그 비판 안에 숨어 있는 것은 겉으로 표현되지 않는 진득한 사제 간의 애정인 바, 무진은 단번에 죽음에의 위기감이 사라져 버리는 것을 느끼며 삐딱한 목소리로 반박했다.

"하지만 방금 전에 이들이 있을 줄 모르고 진기를 너무 썼어. 게다가 상대가 너무 강했고."

"체력 안배에 실패했다. 상대가 너무 강했다. 그걸 지금 변명이라고 하는 것이냐?"

"…진결에 연성박뢰포까지 썼어."

"더더욱 부끄러워해야 마땅한 일이다. 그 정도의 능력이 있으면서 왜 이런 꼴을 하고 있는 것이냐. 그런 능력이 있었으면 지금 이곳에 상처 하나 없이 서 있어야지."

더 이상 핑계 댈 말이 궁해진 무진은 입을 꾹 다물었다.

입이 열 개가 되어도 할 말이 없는 정론.

살마는 항상 오연하고 당당하며 강력해야 한다. 그런 나살 문의 지론에 비추어봤을 때 지금 무진의 모습은 얼마나 초라한가. 손가락 하나 까딱할 힘도 없이 적에게 목을 내어주는 꼴이라니. 백 번의 꾸중을 들어도 다 겸허하게 수용해야 할 판이다.

"그런데 여긴 어떻게……?"

"모자란 제자 놈 소식이 들리는데 걱정을 안 할 수가 있어야지. 혹시나 해서 와보니 아니나 다를까, 절체절명의 위기로구나. 그것도 혈교에 있는 삼호법 따위에게."

헐렁한 왼쪽 소매, 한쪽 다리는 의족으로 지탱하고 있음에도 불구하고 무진의 사부 살마 종리단의 존재감은 주변 혈신 삼호법을 압도하고 있었다.

"미안해, 사부. 잘못했어."

"…네 녀석이 사과라니. 밖에 나오더니 조금은 성장한 모양이렸다."

"물론. 조만간 그 성취를 보여줄……."

무진은 말을 하던 도중 힘을 잃고 스르륵 앞으로 꼬꾸라졌다.

"어……?"

시야가 반전하며 몸에 힘이 들어가지 않았다. 휘청거리던 무진이 영락없이 땅바닥에 머리를 박으려는데 단단한 팔이 그의 허리를 붙잡았다.

"미숙한 녀석."

"사부……."

"쯧쯧, 기껏 이 꼴을 보여주려고 구산에서 여기까지 온 것이더냐?"

종리단은 무진의 복부와 가슴의 혈도를 짚어 출혈을 멈추게 한 뒤 바닥에 내려놓았다. 무진은 등으로 단단하고 차가운 바닥의 감촉을 느끼며 그의 앞을 지키고 선 사부의 모습을 올려다보았다.

나무를 깎아 만든 의족.

소매가 펄럭이는 외팔의 육체임에도 불구하고 종리단은 어느새 주변의 모두를 압도하고 있었다.

거칠고 오만한 혈신삼호법이 감히 대화에 끼어들지도 못할 정도였다. 귀면탈, 용안탈, 사자탈의 세 호법은 한곳에 모여 종리단과 대치하고 있었다.

흉흉한 눈빛으로 종리단을 쏘아보지만 함부로 나서지는 못하는 분위기였다. 그렇게 한참을 대치하다가 귀면탈이 탄식하며 입을 열었다.

"그새 또 다른 성취가 있었는가? 그 기운, 다른 오마와는 다른 차원의 경지다. 진마의 경지 위로도 더 오를 곳이 남아 있다니, 무의 길은 정말로 끝이 없군."

종리단은 그 말에 코웃음 쳤다.

"혈교에 소속되어 있는 반시체로서는 꿈도 꾸지 못할 일이지."

"……."

"긴말하지 않겠다. 꺼져라. 그럼 목숨은 살려주마."

철컹.

개를 쫓듯 냉혹한 종리단의 목소리에 흥분한 사자탈이 앞으로 나서려고 했으나, 귀면탈이 황급히 그를 가로막았다.

"살마 종리단, 지나치군. 아무리 강해도 한 팔, 한 다리로는 우리 셋을 다 막지 못할 텐데?"

"하! 확실히 노부가 구룡성을 너무 오래 떠나 있었던 모양이다. 마인이, 그것도 마정을 폭주시킨 네놈들 따위가 감히 노부에게 그런 말을 지껄이다니. 극마의 경지를 넘어섰다고 해서 다 진마가 되는 거라 착각이라도 하는 것이냐?"

"……!!"

"마지막 물음이다. 떠날 테냐, 아니면 죽을 테냐?"

펄럭— 펄럭—

텅 비어 있던 옷소매가 마치 그 속에 사람의 팔이 들어간 것처럼 빳빳하게 펴졌다. 게다가 나무를 깎아 만든 의족 위로 솟아 나온 푸르스름한 인광이 사람의 다리 모양 형태를 이루고 있었다.

전신에서 뿜어지는 기세는 하늘조차 박살 낼 것 같은 막강한 힘.

혈신삼호법을 억누르는 어마어마한 위압감은 그야말로 무신의 그것이다.

"원형신(遠形神)……!"

"의기발현(意氣發現)의 경지라니……!"

마음속에 뚜렷이 세운 뜻[意]으로 부족한 체형을 대신할 강기를 만들어내는 것이다. 심검(心劍)이며 조화경의 무학. 막대한 내공과 지고한 깨달음이 필요한 일이지만, 막상 강기로 육체를 만들어내는 것에 성공하면 그 자체로 이미 수강과 검강을 뛰어넘는 막강한 힘을 얻을 수 있다.

검은 신체의 연장이라고들 말하지만, 실제 손처럼 다양한 움직임은 할 수 없다.

하지만 의기발현의 강기는 가능하다.

실제 손가락처럼 움직이고 활동하는 것이 가능하면서도 그 속엔 막강한 힘이 잠든 강력한 무기.

진마의 경지에 오른 자들이 다 괴물이라고는 하지만, 이것은 오마 중 그 어느 누구도 하지 못하는 일이다.

"크윽……."

귀면탈은 질려 버렸다는 듯이 신음을 삼키며 뒤로 물러났다.

"이만 돌아간다."

"……!"

용안탈과 사자탈은 그 결정이 불만스러운 듯 몸을 꿈틀거렸으나 더 이상의 항의는 없었다.

"이걸로 끝이 아니다. 금세 다시 찾아오지. 그때는 이런 식으로 호락호락하게 넘어가 주지 않을 것이다."

혈신삼호법은 그 말을 끝으로 그들이 언제 이곳에서 싸웠냐는 듯 바람처럼 사라져 버렸다.

휘이이잉—

바람이 분다.

고요하게 가라앉은 공기가 천마릉을 감싸 안았다.

"겁쟁이 놈들."

종리단은 한심하다는 듯이 말한 뒤 무진에게 다가와 품속에서 묘한 향이 나는 향낭을 꺼내 그것을 코에다 내밀었다.

"후읍."

무진은 콜록콜록 기침을 했다.

묘하게 독한 그 향기는 코 점막을 자극하며 뇌에 벼락을 맞은 듯한 자극을 가져다주었다.

차가운 기운이 머릿속에 퍼지며 정신이 맑아졌다. 무진은 자신의 육체가 너덜너덜한 상태라는 것도 잊고 제자리에서 벌떡 일어났다.

"큭, 이건 대체……?"

"깨어났나?"

"잠깐, 어떻게 몸이 움직일 수가 있는……?"

무진은 신기한 심정으로 몸 여기저기를 더듬어보았다.

조금 전까지만 해도 손가락 하나 까딱할 수가 없었거늘. 심지어 눈을 뜨고 있는 것만도 힘에 부쳤는데 갑자기 몸이 정상으로 돌아온 것처럼 마음껏 움직이는 것이다.

"각성제다."

"각성제라면……?"

"탈각금환(脫却金丸)이라고, 강제로 머릿속의 뇌를 활성화시켜 정신을 차리게 만들어주는 거지."

"…신기한데. 단순히 정신을 차리는 것만으로 몸이 움직여지는 거야?"

"너는 특별한 몸이잖나. 무통지체에게 상처라는 건 정신만 제대로 차리면 괜찮아진다는 거다. 뭐, 나중에 그 대가는 치러야 하지만."

"대가?"

"원인이 있으면 결과도 반드시 있는 법이다. 한동안은 몸을 움직이기 힘들겠지."

종리단은 무뚝뚝한 목소리로 그렇게 말했다. 무진은 피가 멎어 있는 옆구리의 상처를 바라봤다. 한 뼘이나 찢어진 상흔은 분명 쉽게 회복할 만한 것이 아니었다.

"그런데 사부는 어떻게 여기에 온 거야?"

"왜? 내가 못 올 곳이라도 왔나?"

"아니. 몰래 들어온 건 아닌 것 같아서."

무진은 주변을 둘러보았다. 조용한 공기. 어딜 봐도 종리단이 '침입'한 듯한 분위기는 아니다.

"주씨 남매를 만났다. 구룡성 안에 조용히 들어올 수 있었던 것은 그 아이들 덕분이지."

"천룡을?"

"이름을 부르는 사이던가. 하긴 성격이 명쾌하고 쾌활해 보이더군. 네가 정을 줄 만도 하다."

"……."

"그중 동생이 나한테 말해주었다. 이쪽에서 혈신교의 흔적을 조사해 달라고 했는데 갑자기 혈신삼호법이 움직이기 시작했다고. 감시하는 눈길이 있어서 그들은 움직일 수 없으니 나보고 가서 도와달라고 하더군."

무진의 눈빛이 흔들렸다.

'주소화가……!'

항상 틱틱거리고 시비를 걸어서 몰랐는데, 의외로 계속해서 신경을 써주고 있었던 모양이다. 그렇지 않았다면 이렇게나 시기적절하게 도움을 보낼 수 있을 리가 없다.

"천하의 살마를 부리려고 하다니, 배포가 남다른 계집아이다. 분명 나중에 큰일을 할 테지. 구룡성주의 다음 대에서도 피가 흐려지지 않고 잘 흐르고 있는 모양이야."

무진은 고개를 끄덕여 긍정했다. 주천룡도 바쁘게 일하고는 있지만, 실제로 주천룡이 집무실에서만 일할 수 있도록 구룡성의 방대한 업무를 모두 처리하는 것은 주소화였다. 그녀 역시 일종의 천재일 것이다.

"유능하긴 한 것 같았어."

"네가 그렇다면 분명 그렇겠지."

"계속해서 도와주고 싶어, 그 두 남매는."

"……."

"안 돼, 사부?"

무진은 이미 종리단이 이곳에 왜 온 것인지 눈치를 채고 있었다.

거의 평생을 함께해 온 사부다.

그가 이곳에 주소화의 부탁 때문에 온 것만은 아니라는 것쯤은 단번에 알아차렸다.

"안 된다."

종리단은 한참을 침묵하다가 대답했다.

"어째서? 구룡성주랑 싸우기라도 한 거야?"

"그런 것이 아니다."

"그러면?"

"이 싸움에는 생각보다 중요한 의미가 있어. 모든 것엔 계획이 있고 순서가 있다. 네가 지금 그걸 망치면 그 계획을 망치게 된다. 네 차례는 좀 더 뒤쪽이야."

"그게 무슨 소리야, 사부?"

한순간 내보인 종리단의 표정은 무언가를 숨기고 있는 듯했다.

세상의 운명을 등에 짊어지고 있는 듯한 무겁고 책임감있는 표정. 하지만 그런 표정은 깨닫기도 전에 순식간에 사라져 버렸다.

"그리고 설령 주씨 남매의 곁에 있는다고 해도 어차피 네 녀석은 도움을 줄 수 없다. 백정(百精)을 모았지 않느냐."

"아……."

"네 녀석도 네 녀석이다. 내가 분명히 마정 백 개를 모으는 즉시 나를 찾아오라고 말했을 텐데, 어째서 쓸데없이 노닥거리면서 시간을 낭비한 것이냐?"

무진의 눈썹이 꿈틀거렸다.

"백마정을 다 모은 건 얼마 되지 않았어. 쓸데없는 시간을 보낸 적은 없고. 기회가 닿으면 사부를 찾으려고 했어."

"기회가 닿으면? 나 이거야 원. 도대체 네 녀석, 몸속에 백 개의 마정을 품고 있다는 것의 위험성을 알고 있기는 한 거냐?"

"…뱃속에 지옥이 든 것과 같다. 잘 알고 있어."

"아니. 너는 모른다. 고통을 못 느끼니 실감을 못하나 본데, 네 몸은 지금 언제 폭발할지 모르는 화약고나 마찬가지란 말이다. 이렇게 마음대로 무공을 쓰고 있는 것 자체가 미친 짓이야."

종리단은 '무통지체라는 건 정말 예상 밖이군'이라고 중얼거린 뒤 고개를 돌려 한쪽 구석에서 엉거주춤하게 서 있는 우공에게 시선을 향했다.

"거기 너, 맹호공진격(猛虎共振擊)을 쓰던데, 야수왕과는 무슨 사이냐? 제자인가?"

"어, 어?"

우공은 당황한 얼굴로 우물거리다가 고개를 끄덕였다.

"제, 제자 겸 소, 손자다."

"손자? 흐음, 그때 혼인했던 그 아이의 아들인 건가. 과연 남만 호족(虎族)의 여인을 데려오니 이런 골격이 나오는 거군."

종리단은 그의 눈치를 보고 있는 우공에게 손을 흔들어 불렀다. 우공은 쭈뼛거리며 다가와 허리를 구부정하게 굽힌 채 난감해했다.

"이름이 무엇이냐?"

"우, 우공."

"여기 이 녀석과는 어떤 관계지?"

우공은 무진을 슬쩍 바라본 뒤 대답했다.

"혀, 형님으로 모신다."

"그래?"

종리단은 날카로운 시선으로 우공을 해체하듯이 살펴본 뒤 고개를 끄덕였다.

"나이는?"

"여, 열다섯, 아니, 이제 곧 열여섯⋯⋯."

"그런가? 좋을 때군."

놀랍게도 종리단은 우공의 나이를 듣고도 놀라지 않았다.

"삼태상은 지금 본성에 와 있다. 성주의 후계자인 주씨 남매와 중요한 사안에 대해 의논 중이지. 본성이 어딘지는 알고 있나?"

"아, 알고 있다."

"지금 당장 그곳으로 가라. 그리고 이젠 삼태상에게서 떨어지지 마. 스스로를 단련해라. 이 년을 주마. 그동안 네 조부와 같은 경지에 오르지 않는다면 네가 형님이라 부르며 따르는 이 녀석을 도울 수가 없다."

무진은 깜짝 놀라 종리단을 바라봤다.

"사부, 그게 무슨⋯⋯?"

"넌 가만히 있어라. 난 이 녀석과 대화 중이다."

종리단은 그의 말에 눈빛이 흔들리는 우공을 가만히 응시했다. 품격과 그릇의 차이인가. 우공의 덩치가 종리단보다 족히 세 배는 큼에도 불구하고 마치 종리단이 그를 내려다보고 있는 듯했다.

"이 년이면⋯⋯."

우공은 손가락 두 개를 꼽은 뒤 진지한 얼굴로 고민했다.

"그래, 이 년이다."

"아, 알겠다. 그렇게 하겠다."

"정말로 할 수 있겠나? 네 조부는 꽤 강하다."

수많은 마도의 고수 중 '원로'라고 불릴 만한 뛰어난 무인들만 모아놓은 구룡성의 원로원.

그들은 현역의 나이가 지나고 육체가 노쇠해졌지만, 그렇다고 해서 원로라고 불릴 만큼 강력했던 무공까지 사라지는 것은 아니다. 지금의 원로원의 힘만 놓고 봐도 전성기 때의 구파에 필적할 만큼 강력한 곳이 바로 그곳이었다.

그 원로 중에서도 최고로 꼽히는 것이 바로 태상장로 세 사람.

흔히 삼태상(三太上)이라 불리는 자들 중 한 사람이 우공의 사부이자 조부인 야수왕(野獸王) 맹달이었다.

그런 그를 겨우 '꽤 강하다'라고 표현할 수 있는 것은 오직 종리단 한 사람뿐일 터.

우공은 머릿속으로 그가 알고 있는 조부의 힘을 떠올려 보고 결연한 얼굴로 힘차게 고개를 끄덕였다.

"하, 할 수 있다. 아니, 해내겠다."

"그래, 그래야 사내지. 그럼 곧바로 가거라."

우공은 무진을 향해 고개를 숙였다.

"혀, 형님, 강해져라. 나도 강해지겠다."

"우공……."

"가, 간다."

순수하기 때문에 더 빨리 이해할 수 있는 것일까.

우공은 비장한 각오를 얼굴에 새긴 채 떠나갔다. 반면 종리단은 그럴 줄 알았다는 듯이 당연한 표정이었다. 물어보지 않을 수가 없었다.

"사부, 도대체 이 년이 걸린다는 건 뭐야?"

"뭐긴 뭐냐. 네가 단련할 시간이지."

"뭐……?"

"백마정을 모았으니 이젠 그것을 완전히 너의 것으로 만들고 무공을 다듬어야지. 아까 보니 연성박뢰포도 가관이 아니더구나. 그걸 연성박뢰포라고 할 수나 있겠느냐?"

"……!"

무진의 얼굴이 미미하게 굳어졌다.

부끄러웠다. 그가 최악의 상황일 때의 모습을 사부에게 들켰다는 것이 너무나 쑥스럽다.

"여기 안쪽을 보았느냐? 혈강시가 제조되고 있었지? 그 현장을 똑똑히 봤나?"

"…봤어."

"그런 참혹한 장소가 정확하게 아홉 군데 더 있다. 어쩌면 비밀리에 숨겨둔 곳까지 합하면 한두 군데 더 있을지도 모르지."

"그걸 어떻게……? 아니, 그보다 아홉 군데라고?"

무진이 방금 '제삼 혈제원'에서 본 혈강시는 백여 구 정도.

만약 그것과 같은 규모의 혈제원이 아홉 군데나 더 있다면…….

"혈강시가 일천 구……!"

"그래, 어떠냐? 듣기만 해도 오싹한 이야기지?"

종리단은 재미있다는 듯 호쾌한 웃음을 짓고 있었다. 하지만 무진은 아무래도 따라 웃을 수가 없었다.

"혈강시가 일천. 보통 절정고수 다섯 명 이상이 붙어야 혈강시를 부술 수 있으니 절정고수 오천과 같은 힘. 그 정도 병력이라면… 무림 정복이라도 노리는 건가?"

"아니, 그게 아니지."

종리단은 고개를 저었다.

"그 정도가 아니라 천하 정복이다."

"천하……!"

"혈강시가 일천이다. 그 정도면 무림 통일을 하고 남는 힘으로 황실도 전복할 수 있지 않겠느냐? 애초에 교(敎)라고 불리는 것들은 그 자체로 하나의 국가를 지향하고 있다. 구파나 세가 같은 것과는 달라. 힘이 있다면 교조를 늘려서 패권을 노리는 것이 당연한 이야기야."

무진은 갑자기 너무나 거대해진 이야기에 함부로 말을 꺼낼 수가 없었다.

혈신교.

무서운 음모를 꾸미고 있으리라 짐작했었지만, 설마 그 정도로 거대한 계략을 갖고 있을 거라곤 생각지 못했던 것이다.

'천하를 피로 물들일 셈인가.'

혈강시 일천 구가 움직인다면 그 뒤에 남는 것은 참혹한 시신과 강처럼 흐르는 핏물뿐이다. 혈신교가 취할 행동은 명확하다.

학살, 그리고 천하 쟁탈.

구룡성, 정천맹, 황실로 이어지는 싸움 끝에 결국 명(明) 제국을 끝장낼 것이 분명하지 않은가.

'막아야 한다. 그런데 어떻게?'

무진은 방법을 떠올릴 수가 없었다.

그는 총 열 개나 된다는 혈제원이 각각 어디에 숨겨져 있는지 모른다. 설령 어찌어찌 장소를 알게 된다고 해도 문제다. 그곳엔 일백 구나 되는 혈강시가 있고, 그뿐만 아니라 혈신교의 정예들이 미리 포진하고 있다면 무진 혼자의 힘으로는 도저히 혈제원을 박살 낼 수가 없게 되는 것이다.

거기에 혈신교의 교주인 혈마나 혈신삼호법이 나타난다면?

이야기할 가치도 없다. 필패. 그때는 오늘처럼 '죽음' 만이 있을 뿐이다.

'결국은 힘인가.'

무진은 무력의 부족함을 느꼈다.

힘.

무력(武力).

본래 무공이라는 것은 항거할 수 없는 다수의 힘을 이겨내기 위해 생겨난 것 아니던가. 결국 생각은 돌고 돌아 회귀한다. 사부 종리단의 의견으로 되돌아온 것이다.

"생각은 끝났느냐?"

종리단은 그런 무진의 생각을 다 꿰뚫어 본다는 듯 심유한 눈빛으로 말했다.

"사부, 묻고 싶은 게 있어."

"무엇이냐?"

"내가 백마정을 다스릴 수 있게 되면… 얼마나 강해지는 거야?"

종리단은 그의 큼직한 매부리코 아래 뻗어 있는 회색빛의 수염을 쓰다듬었다.

"살마라는 이름이 부끄럽지 않을 만큼은 된다. 모자라느냐?"

"…그거면 충분해."

살마의 이름을 이어받을 수 있는 경지.

무진은 그 생각만으로도 가슴이 뛰는 것을 느꼈다. 머리가 핑 도는 어지러움이 느껴진 것은 그때였다.

피잉—

"아……."

무진은 다시 의식이 어둠 속에 빠져드는 것을 느꼈다. 초점이 흔들리더니 결국 눈앞이 뿌옇게 흐려지고 만다. 비틀비틀.

몸의 균형을 잡을 수가 없다.

"하긴, 때가 됐나."

"사부, 이건……?"

"애초에 중상을 입은 몸이다. 각성제, 그것도 향을 맡은 것만으로 단번에 나을 리가 없지. 그래도 이만큼 작별 인사를 할 수 있으면 되었을 거다."

'작별 인사? 작별 인사라니?

의문이 일었지만 더 이상은 말을 할 수 없었다.

무진은 입술을 달싹거리다가 앞으로 고꾸라졌다. 몸을 붙들어주는 단단한 감촉을 느끼며 눈꺼풀이 스르륵 내려온다.

무진은 그렇게 깊은 잠에 빠져들었다.

*   *   *

쏴아아아—

내륙에 위치한 섬서 지역답지 않게 홍수라도 날 것 같은 거센 비가 하루 온종일 내리고 있었다. 하늘엔 화창한 햇볕 대신 시커먼 먹구름이 덮여 있고, 주변은 습기 때문에 뿌연 안개가 피어오르고 있었다.

투두두둑— 투두둑—

지붕을 때리는 빗소리가 너무 거세서 자칫 전각이 무너져 내리는 건 아닌가 걱정이 될 정도다. 구룡성의 중심에 위치한 본성.

　그 최상층 전각의 창가에선 송옥, 반안에 비견될 만한 미청년이 그답지 않게 심각하게 가라앉은 표정으로 창밖을 하염없이 내다봤다.

　우르릉—

　우렛소리가 용의 울음처럼 주변을 한바탕 휩쓸고 지나가자 빗줄기는 더욱더 거세어졌다.

　"용이 자리를 떠나가니 하늘도 슬피 우는구나."

　그렇게 말하는 청년 또한 범상치 않은 한 마리의 용이긴 마찬가지다.

　하늘에서 살아가는 자유로운 용.

　천룡은 별처럼 반짝이는 깊은 눈으로 거센 빗줄기 너머 구룡성의 후방을 지키고 있는 거대한 협곡을 바라봤다.

　화산. 낙안봉이다.

　그의 계산이 맞는다면 지금쯤 그의 친우와 그 친우의 사부는 저 협곡을 지나 미리 준비해 둔 마차를 타고 섬서성을 벗어나고 있을 터. 주천룡의 생각이 훨훨 날아 그의 친우 곁까지 다가갔다.

　"낯간지럽다고 안 쓰던 시문(時文)까지 읊는 것을 보니 그 사람이 대단하긴 대단했던 모양이네요, 오라버니."

　귓가로 까랑까랑하고 맑은 목소리가 들려온다.

　주천룡은 그제야 한 시진이 넘게 바라보고 있던 창가에서 고개를 돌려 그의 여동생에게 시선을 주었다.

"난 시문의 효용성을 새삼 배우고 있는 중이야. 이 들끓는 감정을 표현하기엔 평범한 말로는 너무 부족하구나. 이 오묘하고 탁월한 은유법이야말로 시문의 가치를 말해준다."

"그거야 그렇지요."

"무진은 정말 좋은 친구야. 곁에 없으면서도 이렇게 나에게 새로운 가르침을 주잖아?"

"…못 말리겠군요. 그러다간 길을 걷다 돈을 주워도 그 사람 덕분이라고 하겠어요."

주소화는 설산의 준령처럼 오똑한 코를 살짝 찡그리며 고개를 설레설레 저었다.

주천룡은 피식 웃으며 다시 고개를 돌려 거센 빗줄기를 응시했다.

시야에 닿지 않는 곳.

눈에 보이지 않는 먼 곳을 보는 듯한 시선이었다.

"소화, 그리고 보니 너는 아직 무진을 믿지 않는다고 했었지. 어때, 이번 일을 맡겨본 소감은?"

"음, 예상 밖이었어요."

"예상 밖? 어떤 면에서?"

"여러 가지 면에서요. 저는 그에게 그곳에서 어떤 일이 벌어지고 있는지만 조사해달라고 했는데… 그는 거기서 혈강시가 제조된다는 것을 알아낸 뒤 혈제원주를 죽이고 지하 공간을 아예 무너뜨려 버렸죠."

주소화의 얼굴은 심각했다.

하지만 주천룡은 생각만으로도 유쾌하다는 듯 큰 소리로 웃었다.

"하하, 잘한 일 아냐?"

"물론 결과만 놓고 보면 잘한 일이지만… 어떻게 생각하면 그건 조사를 하고 즉각 알려달라고 했던 제 명령을 어긴 것이죠. 스스로 싸움을 해서 일을 크게 만들고 지하 통로를 무너뜨린 것 또한 제게 의견을 묻지 않고 행한 독단이구요."

"흐음."

"분명 믿을 만한 사람이에요. 깜짝 놀랄 만한 실력도 가지고 있구요. 하지만 너무 위험해요. 칼날이 어디로 튈지 모른다는 점이 더더욱."

재미있다는 듯이 이야기를 듣고 있던 주천룡은 단호하게 말했다.

"소화야, 그건 그렇지가 않아."

"그게 무슨 말이죠?"

"네 최초의 전제 조건이 잘못되었다는 말이야. 너는 물론이고 나도 무진에게 '명령' 은 내릴 수가 없어. 과거 아버님도 살마에겐 명령이 아니라 '부탁' 을 하셨다. 그 후예인 우리도 같은 방식을 따라야지."

주소화가 당황한 듯 봉목을 크게 떴다.

"그게 정말인가요? 아버님도 그에게 부탁을 해야만 했다고요?"

"어라? 알고 있는 것 아니었어?"

"몰랐어요. 자유롭고 독립적이라는 건 알았지만… 그저 주군으로서 존중해 주는 수하라고만 생각했지 설마 명령을 내릴 수 없는 관계라고까지는 생각도 못했다구요."

주소화는 당황과 부끄러움으로 얼굴을 붉혔다.

"아무리 그래도 부탁을 해야 하는 수하라니, 그건 수하가 아니네요. 마치……."

"친우. 친우지. 애초에 두 분은 주종 관계가 아니었어. 서로 같은 뜻을 가지고 있는 동지이자 의지할 수 있는 친우였던 거야."

주천룡은 점점 더 거세지는 빗줄기를 바라보며 아쉬운 듯 씁쓸하게 웃었다.

"지금 내가 무진을 생각하듯이 말이야."

"…흥, 마음에 들지 않아요."

"너무 그렇게 고지식하게 생각하지 마. 설마 어르신도 그렇고 무진도 그렇고, 우리 가문이 '친우'로 대접하기에 충분한 능력을 지닌 사람들이니까."

"……."

"오히려 잘되지 않았어? 무진이 나의 수하가 아니라 친우로 남는 게 나중에 소화의 혼담을 진행시킬 때 더 좋을 거

아냐?"

"오라버니! 대체 그게 무슨……!"

주소화는 조금 전과는 다른 의미로 얼굴이 새빨개진 채 언성을 높였다.

항상 차분함을 유지하던 그녀의 깊은 눈빛이 지금만큼은 사정없이 흔들리고 있었다. 항상 감정을 잘 드러내지 않는 그녀로서는 이례적인 일. 주천룡은 그녀의 그런 모습을 보며 큰 소리로 웃었다.

"하하, 네가 그런 모습을 보이다니, 이 오라비는 정말로 기쁘다!"

"이상한 소리 하지 마세요! 저는 그, 그 사람에게 아무런 감정도 없다구요!"

"감정이 없다고? 뭐, 그럼 그렇게 해두자."

"그렇게 해두자가 아니에요! 그게 진실이에요!"

"알았어. 그렇게 해두자니까."

"오라버니!"

주천룡은 씩씩거리는 여동생에게 진정하라는 뜻으로 손을 내저은 뒤, 얼굴에서 웃음기를 지웠다.

장난기 가득했던 철없는 청년의 모습에서 무림의 삼분지 이를 지배하는 구룡성의 후계로서의 면모가 드러났다.

"소화, 너는 그분이 말씀하신 대로 모든 것이 이루어지리라고 생각해?"

"……"

주소화는 쉽사리 대답하지 못하고 침묵했다.

주천룡은 장난으로 묻고 있는 것이 아니다. 그녀로서도 깊게 생각해 봐야만 했다.

"칠 할쯤은 믿고 있어요."

"꽤나 높은 수치네."

"아버님께서 하셨던 이야기와 일치하니까요. 살마를 어떻게 생각하느냐와는 다른 문제예요. 분명 혈교는 앞으로 일이 년 안에 큰일을 벌일 테죠."

주천룡은 진지한 얼굴로 고개를 끄덕였다.

여기서 그분이라는 것은 살마 종리단을 말한다.

그는 깊은 상처를 입고 정신을 잃은 무진을 한쪽 어깨에 짊어지고 찾아와서 주천룡에게 무진을 응급치료해 줄 것을 요구했다. 당연히 주천룡이 최고의 의원을 불러 치료를 시작하자 그는 주천룡과 짧은 문답을 주고받았는데, 그것은 밖으로 알려진다면 천하가 경동할 중요한 이야기였다.

"혈신교에는 천여 구의 혈강시가 있고, 설령 혈신교의 본단을 친다고 해도 그 전력은 변하지 않는다라……. 믿기 힘들지만 그럴 법한 이야기야. 실제로 무진이 찾아낸 곳이 숨겨졌던 혈강시 제조원이기도 하고."

"그럴 테죠. 그리고 보면 섬서 지방에서 그동안 아이나 여인들의 실종 신고가 꽤나 많았어요. 관아에서 특별히 신경을

쓸 정도로요. 저는 지금까지 마인들이 절제를 못한 탓이라고
만 생각했는데… 그걸 혈신교가 계획적으로 납치한 거라 생
각하면 이야기가 딱 맞아떨어져요."

"혈강시를 만들기 위한 제물이라는 건가?"

"네, 그래요. 쌍장동혈강시는 완성될 때까지 처녀의 피나
아이들의 동혈을 필요로 한다고 들었으니까요."

주천룡은 질린다는 듯 경멸스런 표정을 지었다.

"잔인한 것들."

"이 세상에 존재해선 안 될 곳이에요."

"지금 이 순간에 다 쓸어버릴 수 없다는 것이 이렇게나 화
가 날 줄은 몰랐어."

"동감이에요."

주소화는 분노하는 천룡에게 동의의 뜻을 표했다.

"하지만 지금 쳐봤자 오히려 경계심만 키울 뿐이라니 참아
야겠죠. 애초에 아버님께서 계획하셨던 일을 응원하기 위해
서라도요."

아버님. 구룡성주를 말함이다.

주천룡은 무거운 얼굴로 고개를 끄덕였다.

"그래, 그래야지."

"오라버니도 조금만 더 참아요. 다 그 '때'가 오면 모든 것
이 해결될 테니까요. 우리가 할 일은 그때까지 준비를 해두는
것이잖아요?"

"그래, 맞아. 그래야지."

주천룡은 다시금 눈을 빛내며 주먹을 꽉 움켜쥐었다.

"앞으로 이 년. 살마 어르신의 말에 의하면 그 안에 무진의 무공은 완성된다. 약속된 시간에 승리할 수 있느냐 하는 문제는 오로지 그에게 달린 거야."

"…그를 믿어도 좋을까요?"

"믿어도 돼. 소화는 나를 믿는 만큼 무진을 믿어줘."

주천룡은 속으로 결의를 다지며 태양이 부럽지 않을 만큼 환한 미소를 지었다.

'다시 만날 날을 기대하겠어, 친구.'

여름의 끝자락.

의지를 세운 용이 미래를 향해 날갯짓을 하기 시작했다.

*   *   *

짹— 짹—

"으음……."

무진은 맑게 지저귀는 새소리를 들으며 정신을 차렸다. 천근만근 무거운 눈꺼풀을 들어 올리자 익숙한 풍경 사이로 한 줄기 햇볕이 무진의 얼굴로 쏟아지고 있었다.

오래된 나무 기둥.

짚을 꼬아 천장을 엮어둔 초가지붕.

흙과 창호지를 붙여서 만든 벽과 무진이 스스로 대패질을 해서 깔아둔 방바닥까지.

"어……?"

무진은 순간 눈을 부릅뜨며 상체를 벌떡 일으켰다.

익숙했다.

방 안의 광경이 너무나 익숙했다.

'이건 구산의 초가집인데……?'

착각일 수 있다. 세상에 비슷한 초가집이 얼마나 많은데. 분명 착각일 것이다.

잠시 그런 생각을 했으나 무진은 방구석에 새겨져 있는 깊은 칼자국 두 개를 발견하고는 망연자실하게 굳어버리고 말았다.

무진이 처음으로 육마겸을 들고 수련할 수 있게 되었을 때, 방 안에서 풍겸을 손에 익히려다가 실수로 새겨진 흔적이 바로 그것이었다.

방의 모양은 비슷할 수 있을지 몰라도 그 흔적까지 똑같이 새겨져 있다는 것은 말이 되지 않는다.

'즉, 나는 지금 구산의 초가집에 있다는 뜻……!'

무진은 그동안의 모든 일이 한 편의 장대한 꿈이었던 것처럼 느껴졌다.

현실감이 없어지고, 아예 그는 이곳 구산을 떠난 적이 한 번도 없었다는 생각마저 들기 시작했다.

"어떻게 그럴 수가 있지……?"

무진의 기억대로라면 지금 그는 구룡성에 있어야 했다.

주소화에게 수상한 곳을 조사해 달라는 부탁을 받았고, 혈강시를 제조하던 장소를 발견했으며, 그곳을 무너뜨리고 혈신삼호법과의 싸움 끝에 쓰러지고 말았다.

"아, 그래. 사부를 만났지?"

무진은 자리에서 일어서려다가 갑자기 힘이 빠져서 바닥에 주저앉아 버렸다.

"어……?"

무진은 황당한 심정이 되어 자신의 다리를 손으로 두드렸다.

감각은 있다.

움직이는 것에도 문제가 없다.

그런데 이상하게, 묘하게 균형이 맞질 않았다. 마치 몸 한쪽에 무거운 추를 매달아놓은 것처럼 몸이 기우뚱거리는 것이다.

'이게 대체……?'

잠시 당황하던 무진은 곧 그에 대한 원인을 찾아냈다.

"내공이… 움직이질 않아?"

무진은 깜짝 놀라 가부좌를 틀고 내식을 다스리기 시작했다.

들숨, 날숨.

음양이기를 조화시켜 가며 몸속의 기운에 정신을 집중시켰다. 무진이 처음으로 진기도인을 시도한 곳은 중단전. 무공을 익히기 시작했을 때부터 진기를 모아둔 곳이며, 나살층층공의 공력이 쌓여 있는 최중심부를 움직이려 했으나, 마치 가뭄이 들어 딱딱하게 굳어버린 땅처럼 공력은 꿈쩍도 하지 않았다.

'말도 안 돼.'

믿을 수 없는 사태다. 반 시진이 넘도록 중단전의 진기를 움직여 보려 하던 무진은 일단 나살층층공은 포기하기로 마음먹고 하단전으로 정신을 집중했다.

진마흡정공으로 모은 마정(魔情)이 무려 백 개나 모여 있는 곳.

극마의 경지에 오른 무진이 감히 전부 다스릴 엄두조차 내지 못하는 커다란 내공이 쌓여 있는 곳이다.

커다란 대강(大江)은 말라비틀어질 리 없는 법.

무진은 자신만만하게 시작했다. 하단전에서 쥐꼬리만 한 진기만이라도 움직일 수 있다면 그걸 마치 눈밭에서 눈사람을 만들 듯이 굴리고 굴려서 거대한 힘으로 탈바꿈시킬 수 있다.

그렇게만 된다면 황량하게 굳어버린 중단전도, 바싹 말라 있는 온몸의 혈맥도 촉촉하게 적셔 버릴 수 있는 것이다.

'그런데… 안 돼. 어째서?'

다시 반 시진가량의 사투.

그 후 무진은 자신의 몸에 뭔가 좀 더 근본적인 문제가 발생했다는 것을 깨달았다.

"어떻게 이런 일이……."

가부좌를 한 채로 눈을 번쩍 뜬 무진은 믿을 수 없다는 듯이 중얼거렸다.

백마정이 모여 있는 하단전은 그야말로 기의 바다.

그런 곳에서 물 한 방울 구경할 수 없다는 것은 상식적으로 말이 안 되지 않은가.

그런데 실제로 그런 일이 일어났다.

무진이 아무리 용을 써봐도 하단전의 거대한 진기는 딱딱하게 굳어서 마치 바위로 변해 버린 듯 절대로 움직여 주질 않았다.

중단전의 나살층층공.

하단전의 진마흡정공.

그 어떤 것도 무진의 마음대로 움직여 주지 않는다. 마치 처음 무공에 입문했을 때처럼 내공의 도움 없이 육체의 힘만으로 몸을 움직여야 할 판국이다.

대체 어찌 된 일일까.

앞으로 어쩌면 좋을까.

무진은 절망적인 심정이 되어버렸다.

'아니, 괜찮다. 처음으로 돌아온 것뿐이야. 분명히 방법은

있어. 지금까지 해온 대로 수련을 하면.'

일말의 희망을 갖고 절망을 극복한다.

고통을 모르면 두려움도 없는 법.

애초에 무진은 절망에서 기어오르는 법을 잘 알고 있었다. 강한 눈빛을 되찾은 무진. 그런 그의 귀에 익숙한 목소리가 들려왔다.

"가진 걸 다 잃어도 포기하지 않고 새로운 의지를 다진다. 과연 그 점은 변하지 않았구나."

"…사부?"

무진은 깜짝 놀라 뒤를 돌아봤다.

언제부터 그곳에 있었던 것일까. 백발, 백염, 웬만한 사내보다도 건장한 체구를 가진 노인이 조용히 가부좌를 틀고 앉아 있었다.

마치 그곳에 있는 듯 없는 듯 자연과 동화된 모습이다. 종리단이 먼저 말을 꺼내지 않았다면 무진은 그의 기척을 절대로 찾아내지 못했을 터이다.

"내공이 움직이질 않지?"

"…맞아."

"하단전에 모여 있던 백 개의 마정이 교착상태에 빠진 거다. 힘의 균형이 대등해져서 팽팽하게 당겨진 실처럼 언제 끊어져 버릴지 모르는 위험한 상황이 된 거지. 본래는 한참 전에 하단전의 마정들이 각자 날뛰어서 죽어야 했어."

"그 정도로 위험했었다고?"

"그래. 내가 몇 번이나 말했잖냐, 제자야."

무진은 황당한 표정이 되었다.

"그 정도로 심각하다고는 생각하지 못했어."

"내가 몇 번이고 이야기했다. 깨닫지 못한 건 네가 다 모자란 탓이야."

"……"

"아무튼 중요한 것은, 네 육체는 그러한 사실을 깨닫고는 본능적으로 그런 사고가 일어나기 전에 몸을 보호했다는 거다. 진기가 상충되지 않도록 아예 돌처럼 굳혀 버리는 것. 온 몸의 혈도가 폭발해 버렸을 상황을 생각하면 탁월한 방식이 아닐 수 없어."

종리단의 목소리에 담겨 있는 것은 자부심이었다.

"나살층층공의 진정한 묘용 덕분이다. 중단(中丹)이란 심(心), 심은 곧 균형, 그리고 중심이다. 네 몸에 필요한 조치를 알아서 스스로 취한다는 뜻이야."

"중심… 윗물이 아랫물로 흐르듯 자연스럽게 균형을 맞춘다는 거야?"

"그래, 바로 그거다."

무진은 종리단의 이야기를 듣고 감탄했고, 또한 희망을 되찾을 수 있었다.

사부의 말대로라면 중단과 하단전이 굳어버린 것은 자연

스럽고 탁월한 조치.

자연스레 이루어진 일이라면, 무공을 되찾는 것 또한 자연스레 해결될 터였다.

"하지만 무공을 되찾는 건 그리 쉽지 않을 거다."

"……?!"

무진의 눈썹이 불편하게 꿈틀거렸다.

"어째서……?"

"너는 백 명의 마인이 평생에 걸쳐 만들어내고 폭주시킨 마정을 뱃속에 품고 있는 거다. 그걸 균형을 어그러뜨리지 않고 하나로 융합시켜야 하는 거야. 아무리 나살층층공과 진마흡정공이 절세의 신공이라지만 그게 그리 간단하게 해결될 것 같으냐?"

"아……."

"하지만 걱정 마라. 지금껏 나살문의 후예는 모두가 다 백마정의 관문을 거쳤다. 그리고 그 관문을 넘지 못한 사람은 단 하나도 없었어."

백발, 백염 사이로 종리단의 강렬한 눈빛이 빛났다.

지금부터 종리단이 할 일은 단순한 무공의 전수가 아니다.

나살문의 유지를 이어가는 것.

살마의 이름을 물려주기 위한 전승.

"수련은 혹독할 것이다. 지금껏 해보지 않았던 수련을 할 거고, 백마정의 기운을 융합한 뒤, 너의 그 미숙한 연성박뢰포와 진겸의 사용법도 다시금 가르칠 거다. 할 일이 산더미처럼 많아."

종리단은 이 년 정도론 턱도 없이 부족하다며 불만을 토해 냈다.

무진은 종리단의 이야기를 가만히 다 들은 뒤 질문을 던졌다.

"사부."

"왜 그러느냐?"

"내가 그 관문을 넘어서면, 그때 나는 얼마나 강해지는 거지?"

"큭."

종리단은 나지막한 목소리로 웃었다.

"본래 강함이란 말로 설명할 수 없는 법. 하지만 이번만큼은 간단하다. 관문을 넘어서고, 이번 수련이 끝나는 순간."

"그 순간?"

"그 순간부터 살마란 이름은 네가 가져라."

나직하고 태연한 종리단의 말에 무진은 전율한다.

살마의 이름을 내려 받는 것.

나살문에는 절대적인 계율이 있다.

그것은 제자가 사부의 능력을 넘어섰을 때, 최소한 사부와 동등한 힘을 지니게 되었을 때, 살마의 이름은 계승된다는 점이다.

"말했듯이, 수련은 혹독하다. 뭐, 네가 아픔을 느낄 리는 없겠지만, 답을 찾지 못할 때 끝없는 허무에 짓눌려서 포기하고 싶은 마음이 들 거다. 그 '벽' 은 만만치 않아."

"난 괜찮아."

"사내라면 허언은 하는 게 아니야."

"해낼 거야. 그래야 사부가 여기까지 날 데리고 온 값어치를 할 수 있을 테니까."

무진은 주변 사람들에게 작별 인사조차 하지 못하고 구산으로 데리고 온 사부의 심정을 이해했다.

사부 종리단은 세속의 굴레에서 자유로워 보이지만, 실제론 누구보다도 냉정한 사고를 하는 사람이다.

숨어서 혈강시를 제조하고 있는 혈제원의 존재.

곧 뭔가를 일으킬 게 분명한 혈신교.

그에 맞서기 위해선 아직 무진에게 힘이 부족하다는 판단이었으리라.

'실제로 그랬지. 진살마겸을 두 번 사용하고 어설픈 공격을 한 번 한 것만으로도 정신을 잃고 쓰러져 버렸다. 난 아직 약해. 이대로는 혈신교를 칠 수 없어.'

무진은 마음을 확고히 다졌다.

"해낼 거야."

다시금 말하는 확언.

종리단의 입가에도 호쾌한 미소가 어린다.

"좋다. 그럼 곧바로 시작한다."

자리에서 일어선 종리단은 의족을 달고 있다고는 도저히 믿기지 않는 움직임으로 성큼성큼 밖으로 나갔다.

무진은 아직 움직이는 것이 익숙지 않은 몸으로 그 뒤를 순순히 따랐다.

第四十一章
혈신의 재래(在來)

마도
협객전

어두운 공간. 일정한 간격으로 붉은색 천이 늘어뜨려져 있었다. 주변을 밝히는 것이라고는 방 한구석에서 은은하게 타고 있는 적색의 화로뿐이었으나, 그것만으로도 사방을 살피기엔 충분했다.

벽이 보이지 않을 만큼 넓은 공간이다.

음산하게 느껴질 만큼 차가운 공기 사이로 묘하게 심장을 두근거리게 만드는 향취가 가득했고, 어디선가 물방울 떨어지는 소리가 똑, 똑 일정한 간격을 두고 울려 퍼졌다.

"일만 일."

높지도 낮지도 않은 기묘한 목소리.

중성적이면서도 사람의 심혼을 몽롱하게 만드는 요성(妖聲)이 담겨 있었다.

아무도 없는 공간에서 홀로 내뱉기엔 너무도 아까울 정도다.

"그리고 일만 명(命)."

기묘한 목소리는 기쁜 듯이 중얼거렸다.

일만 일(日).

일만 명(命).

일만 일 동안 일만의 목숨을 받았다.

이 공간은 그것을 위해 만들어진 장소다. 붉은 천은 위층에 만들어진 정결한 제단으로 연결되어 있고, 그 제단에 바쳐진 '제물'은 위층으로부터 연결된 천을 타고 내려와 어두운 공간의 중심에 만들어진 거대한 욕조를 향해 떨어지는 것이다.

길이가 백 장이 넘는 새하얀 천이 동백꽃이 부럽지 않을 만큼 새빨갛게 변하려면 얼마나 많은 피를 머금어야 하는 것일까.

보통 사람이라면 상상도 할 수 없는 그 정답을 지금 아무도 없는 공간에서 욕조 안에 들어가 있는 남자는 잘 알고 있었다.

일만의 목숨이다.

일만 명의 사람에게서 한 방울도 남김없이 피를 짜내 그것을 강처럼 흘려보내면 이만한 길이의 천도 순식간에 빨갛게 변해 버린다.

종교적 의식.

수많은 희생을 바탕으로 진행되는 피의 제전이었다.

천을 타고 흘러내리는 피는 평범한 피가 아니다. 처녀나 어린아이의 피에는 음한지기(陰寒之氣)가 보통 사람의 몇 배나 깃들어 있는데, 그것을 일만 명이나 모아 의식을 집행하는 것이다.

하루에 열의 목숨.

모든 것을 끝낼 때까지는 일천 일이 걸린다.

일만 만(萬).

피 혈(血).

사도지존 혈신교에선 그들의 신을 만들어낼 수 있는 무공이라 하여 그것을 만혈지공(萬血之功)이라 부른다.

똑…… 똑…….

"큭, 큭큭……."

나지막한 웃음소리.

그와 동시에 일정한 간격으로 떨어지던 물방울 소리가 그쳤다. 불그스름한 불빛. 욕조 안의 시커먼 수면 위로 마지막 핏방울이 찰랑하고 떨어진다.

우우우웅—

이변이 일어난 것은 그때부터였다.

백 명의 사내가 함께 들어가도 충분할 만큼 커다란 욕조가

파도라도 치는 것처럼 흔들거리기 시작했던 것이다.

출렁, 출렁.

불규칙하게 흔들리던 욕조속의 핏물이 갑자기 한쪽 방향을 향해 일정하게 움직이기 시작했다.

소용돌이.

마치 회오리바람처럼 한쪽으로 빙글빙글 돌기 시작한 핏물은 어느새 커다란 구 모양의 형태가 되어 그 중심에 있던 사내를 집어삼켰다.

매우 신비하고 요요로운 광경이었다. 천정에 매달려 있는 천 조각들이 당장에라도 뜯겨질 것처럼 펄럭였고, 고요했던 공기는 태풍이라도 온 것처럼 사정없이 흔들렸다.

드드드드ㅡ

벽, 바닥, 천장 할 것 없이 모든 것이 진동했다. 시끄러운 굉음 속에서 사내의 큰 웃음소리가 쩌렁쩌렁하게 울려 퍼졌다.

"큭, 크하하하! 크하하하! 됐어! 드디어 됐다!"

웃음소리엔 짙은 광기와 색기가 깃들어 있었다.

피라는 것은 원래 잘 굳는 성질이 있는데, 그 성질에는 다 위대한 자연의 섭리가 숨어 있다. 몸에 상처가 났을 때 출혈량을 줄이기 위해 피는 쉽게 응고되는 성질을 갖고 있는 것이다.

상처 난 혈관을 피를 굳혀서 막고, 그로 인한 혈액 손실을 줄여서 생명을 보호한다.

그러한 응고성은 피를 그릇에 담아 밖에 꺼내놓았을 때 가장 잘 알 수 있게 된다.

피를 꺼내놓은 지 불과 촌각도 지나기 전에 피는 이미 끈적끈적한 점성을 띠기 시작하고, 어느새 그릇의 가장자리는 말라붙은 핏자국 때문에 검붉은 가루가 묻어나기 시작한다.

굳는 것이다.

순식간에 점성을 띠며 굳고, 그 뒤엔 불필요한 수분을 모두 날려 버리며 바닥에 바싹 마른 피 얼룩만 남긴 채 사라져 버린다.

그런데 그것을 피가 생명력이라는 관점에서 본다면 어떠할까? 생명력은 생기(生氣). 생기는 곧 힘이다.

핏속에 깃들어 있는 힘은 피가 마를수록 점점 농도가 진해진다. 마치 몰이꾼에게 쫓긴 사냥감처럼 완전히 말라서 소멸되기 전까진 생기가 한곳에 집중되는 것이다.

즉, 생기의 압축.

만 명의 생기를 압축한다.

그 압축한 생기를 한 사람의 힘으로 바꾼다.

만 명의 힘을 홀로 가진 사람.

만부부당(萬夫不當)이 따로 있을까?

만혈지공을 통해 힘을 완성한 사람은 자연히 인간으로서의 한계를 초월하게 되는 것이다.

쏴아아아―

뿌옇게 피어오르는 수증기 사이로 아무것도 걸치지 않은 사내의 나신이 요염하게 드러났다. 중성적인 아름다운 외모를 지녔지만, 넓은 어깨와 건장한 골격은 그가 사내라는 것을 의심치 않게 한다. 그뿐이 아니다. 군살이라고는 찾아볼 수 없을 만큼 정련된 육체. 근육 섬유 한올 한올이 다 드러날 만큼 완벽하게 단련된 육체는 마치 금강석 같은 단단함과 왠지 모를 위압감을 뿜어내고 있다.

"후우우……."

사이한 외모의 청년.

과거엔 혈마 무휼이라고 불렸으며, 만혈지공을 완성한 뒤 이젠 '혈신(血神)'이란 칭호를 가진 사내가 길게 숨을 내쉬었다.

핏빛의 구체는 어느새 흔적도 없이 사라진 상태였지만, 무휼의 주변을 휘감은 붉은빛은 사라지지 않았다. 아니, 시간이 지날수록 짙어지는 듯했다. 환상과도 같은 적색 기운이 무휼이 숨을 쉴 때마다 안개처럼 뿜어져 나왔다가 다시 사라지는 것을 반복하고 있었다.

"이제 이곳은 필요없겠군."

당당한 자세로 주변을 한번 훑어본 무휼은 두 눈에서 감히 범접할 수 없는 혈광을 내뿜었다. 귀찮다는 듯이 주변을 한번 휘젓는 손. 천장에 늘어뜨려졌던 붉은 천들이 갈기갈기 찢겨서 떨어지는 것과 동시에, 지하 석실이 한순간에 화약이 폭발하기라도 한 것처럼 무너져 내렸다.

콰과과광—!

붕괴하는 공간.

천장에서 쏟아져 내리는 만근의 돌덩이들 사이로 붉은색 혈광이 하늘을 향해 솟아올랐다. 뿌연 흙먼지들을 꿰뚫으며 혈신이 강림한 것을 주변에 알렸다.

우르르릉—!

"오오오오—!"

화려하게 만들어진 석재 제단이 무참히 무너져 내리고 있음에도 그곳에 모여 있던 여든여덟 명의 특급 신도들은 조금도 아쉬움을 표하지 않았다.

평생을 기다렸다.

만 일간 제공할 피를 구하는 것에 십 년이 걸렸으며, 만혈지공을 위해 들어간 돈 또한 소국(小國)의 일 년 예산과도 맞먹었다.

혈신교 내에서도 심처(深處) 중의 심처로 불리는 이곳에 모여 있는 특급 신도들은 혈신교에서 태어나 혈신교를 위해 살아가는 최상위 간부들이다.

어린 시절부터 혈신이 재래(在來)한다는 신화를 듣고 자랐으며. 혈신만 강림하면 천하는 혈신의 시대를 맞이할 거라는 것을 끊임없이 머릿속에 새겨왔다.

그런 그들에게 있어서 오늘은 앞으로 수천 년간 회자될 기적의 날이었다.

그들은 환희의 함성을 질렀다.

바닥에 무릎과 손바닥, 이마를 찧어 오체투지의 자세를 취하고 매일 밤마다 외우는 혈신강림의 법문을 미친 듯이 읊조렸다.

만혈지공의 제물을 바치던 제단이 바닥으로 푹 꺼지듯 무너져 내린 뒤, 하늘을 찌를 듯 치솟은 혈광이 다가오는 새 시대를 알리고 있었다.

"오오, 혈신이시여—!"

"드디어 그날이 왔나이다!"

"만세! 혈신 만세—!"

쿵! 쿵! 쿵!

특급 신도들이 연이어 땅바닥에 이마를 찧었다. 벌겋게 물든 이마에서 피가 흘러내렸음에도 그들은 아파하지 않았다.

기적의 그날이 마침내 왔다는 것에 대한 환희, 쾌락, 기대감, 그리고 그들의 눈에 비치는 혈신의 강렬한 존재감이 이성을 마비시킨 것이다.

"나의 교도들아, 고개를 들라."

사이하고 요망한 목소리가 그들의 심혼을 제압했다.

"혈신이 이 땅에 강림했다. 이제 앞으로의 세상은 나를 위해 존재할 것이니라."

오 오 오 오 —!

"너희들은 앞으로 두려워할 것이 아무것도 없으리라. 천하는 이제 혈신의 것이다."

충천하는 혈광 안에서 혈신 무휼은 보는 사람이 멍해질 만큼 아름답고 자비로운 미소를 지었다.

그 웃음을 바라본 여든여덟 명의 특급 신도들은 모두 등골을 꿰뚫는 전율을 느꼈다.

"만세! 만세! 혈신 만세!"

그날 모두가 한마음 한뜻이 되어 외친 환성은 곧바로 오만 명 사도(邪道)인들이 외치는 찬양의 구호가 되었다.

살마의 후예인 무진이 구룡성에서 실종된 지 이 년 반.

앞으로 모든 서책에 기록되게 되는 무림사의 대변혁.

혈신교의 겁난이 시작된 날이었다.

"드디어 이날이 왔군."

"클클. 그래, 드디어 이날이 왔다."

"삼십 년 만인가?"

"그렇지. 만혈지공을 완성한 혈신께서 재래하신 것은 무려 삼십 년 만이다. 전대 혈존께선 구룡성주의 방해로 만혈지공을 완성시키지 못하셨기 때문에 살마와 양패구상을 하셨지. 하지만 이번 대엔 다르다."

두 사람이 대화를 나누고 있었다. 한 사람의 목소리는 늙은이 특유의 탁한 목소리였고, 다른 한 사람의 목소리는 쇳가루를 비비는 것처럼 거칠었다.

"하지만 혈존께서 정말로 만혈지공을 완성하실 줄이야. 지금도 믿기지가 않는군."

"태생부터 특별한 분이셨지. 이제 약점 따윈 없다. 구룡성주는 사라진 지 오래고, 숨어 있던 살마가 팔다리가 멀쩡한 채로 되돌아온다 한들 이젠 절대로 그분을 막을 수 없어. 혈신의 천하가 온 것이다."

휘이이잉―

열린 창문 틈 사이로 불어온 바람이 햇볕을 가리던 천을 밀고 어두운 방 안을 비추었다.

대화를 나누던 두 사람.

아니, 두 노인은 서로를 마주 보며 대화하고 있었다. 한쪽은 구불구불한 지팡이를 들고 있는 노인, 한쪽은 허리가 굽은 꼽추에 귀면탈의 가면을 쓴 노인이다.

귀면탈을 쓴 노인은 혈교주 다음의 고수로 추앙받는 혈신삼호법의 우두머리였고, 지팡이를 들고 긴 수염을 배꼽 언저리까지 기른 노인은 혈강시를 만드는 모든 혈제원을 통괄하는 총원주 고염(苦炎)이다.

무명(武名)으로만 따지면 혈신삼호법의 귀면탈이 훨씬 유명할 테지만, 무림에서 조금 나이가 있는 명숙들은 모두 혈제원 총원주 고염을 기억하고 있었다.

십여 년 전 구룡성의 혈겁.

화산혈사로부터 시작되었던 정파의 몰락에 가장 큰 공을 세운 것이 바로 고염이었던 것이다.

쌍장동혈강시를 최초로 만든 것이 고염이었으며, 혼백을 뒤흔드는 기물(奇物) 초혼령(招魂鈴)을 흔들며 소림나한진과 무당의 태청검진을 깨부순 것도 고염의 업적이었다.

그의 무공은 무림백대고수의 명단에 들 만큼 강력하지만, 그보다 더 유명한 것은 그가 익히고 있는 수많은 술법(術法)이었다.

초혼, 포박, 억겁, 환령.

보통의 무림인들로선 도저히 상대할 수 없는 술수들을 사용하는 고염을 대적하는 것은 매우 까다로운 일이어서, 실제로 정천맹의 원로들 사이에선 혈신삼호법보다 고염을 더욱 두려워했다.

제각각의 분야에서 피로 점철된 명성을 쌓은 두 사람이다.

즉, 지금 이곳엔 혈신교의 무(武)를 대표하는 자와 주술을 대표하는 자가 모여 있었다.

"그런데 마음에 걸리는 것이 있다."

귀면탈은 문득 툭 던지듯 말을 꺼냈다.

"클. 마음에 걸리는 것이라니?"

"살마의 후예."

"…살마의 후예라니? 이삼 년쯤 전에 주천룡이 데려왔고, 그 후 살마가 나타나 데리고 도망쳤다는 그놈 말인가?"

"그래, 그놈."

"그 애송이가 마음에 걸린다고?"

"……."

"이해가 안 되는군. 그 애송이를 걱정하느니 차라리 구룡성주가 다시 나타나거나 살마가 더욱 무공이 강해져서 쳐들어오는 것을 걱정해야 하지 않나?"

귀면탈은 아무런 말도 꺼내지 않았다. 살마의 후예를 보고 느낀 미묘한 불안감을 말로 표현하는 것은 너무나 어려운 일이었던 것이다.

'그놈은 빈사 상태나 다름없는 상황에서 내 팔을 날려 버릴 뻔했지. 단순한 애송이가 아니야. 살마가 왔을 때 순순히 놓아준 것은 그걸 목격했기 때문이다. 보통의 무인들과는 전혀 달라. 그 뒤로 착실하게 수련했다면 어떤 일이 벌어질지 모른다.'

무거운 침묵이 흐른다.

총혈제원주 고염은 귀면탈이 심각하다는 것을 깨달았는지 잠시 침묵하고 있다가 그를 위로하듯 말을 꺼냈다.

"클, 이해가 안 되는군. 하지만 자네를 잘 아니까 묻지. 어째서 그 애송이를 위험하다고 생각하는 건가?"

"원래부터 위험한 분위기를 풍기는 놈이었다. 그런 놈이 삼 년 동안 살마 밑에서 제대로 된 수련을 쌓았다면……."

"클클, 분명 강해졌을 테지. 무림백대고수 따위는 눈 아래로 볼 만큼 순식간에 성장했을 거야."

"내 마음을 알겠나?"

"알지. 하지만 아무리 그렇다고 해도 혈신은 무적이다."

"……!"

단호한 고염의 말투에 귀면탈의 눈빛이 흔들렸다. 귀면탈도 고민하는 것이 그 점이었다.

혈신무적.

혈마 무휼은 예전에도 강했고, 만혈지공을 완성한 지금은 그야말로 끝을 알 수 없을 만큼 강해졌다.

"그런가? 내가 과민한 탓인가?"

"당연한 말! 이 세상의 어떤 무공도 만혈지공과 비교할 수는 없지."

"……."

"만혈지공은 천문학적인 자금과 일만 명의 희생을 통해 만들어지는 신(神)의 무공. 혈존께서 일만 명의 생명으로부터 극음지기를 모으는 데 성공하셨는데, 자네는 한낱 애송이 따위가 그 힘을 꺾을 수 있다고 생각하나?"

"…그래. 그렇군."

고염은 말도 안 된다는 듯 코웃음 쳤다. 귀면탈은 그 말에 반박하지 못하고 무겁게 고개를 끄덕일 뿐이다. 하지만 그 얼굴은 불안감이 해소되지 않은 채 여전히 어두웠다.

"이봐, 귀면."

보다 못한 고염이 한마디를 하려는 순간, 속이 뒤흔들릴 만큼 웅장한 음악 소리가 벽 너머에서 들려오기 시작했다.

옥소(玉簫), 금(琴), 타고(打鼓).

여럿이서 함께 연주하는 음색은 웅장하고 애절했으며, 또한 묘한 요기(妖氣)가 흐르고 있었다.

제식(祭式)에 쓰이는 음악.

죽음과 피를 연상케 하는 어두운 음악이다.

드르륵―

두 노인이 기다리고 있던 방의 문이 열리며 새하얀 가면을 쓴 특급 신도 두 사람이 먼저 들어와 문의 양옆에 시립했다.

새빨간 붉은색 비단 장포를 입은 사내가 들어온 것은 그다음.

사내가 방 안으로 성큼성큼 걸어온 순간, 고염과 귀면탈은 제자리에서 벌떡 일어나 공손하게 허리를 굽혔다.

"혈존을 뵙습니다."

"혈신을 배알하나이다."

먼저 인사하며 허리를 굽혔던 귀면탈의 어깨가 움찔 흔들렸다. 뒤이어 인사한 고염의 말을 들은 탓이다.

귀면탈은 혈마 무휼의 예전 칭호를 말하며 허리만 굽혔을 뿐이지만, 고염은 혈신이라는 칭호를 말하며 오체투지하는 극상의 예를 올린 것이다.

'그렇게까지……!'

귀면탈은 순간적으로 당황하고 말았다.

귀면탈은 항상 등 뒤의 그림자가 되어 혈존의 안위를 지키는 호법의 직위.

게다가 혈신교에서 둘째가라면 서러운 강자였으므로, 선대 혈존 때부터 허리를 굽히는 것 이상의 예를 취할 의무는 없다. 어느 정도 존중만 표하고, 심지어 혈존에게 훈계를 하거나 가르칠 수도 있는 직위가 바로 호법인 것이다.

그리고 그러한 점은 고염 또한 똑같다.

총혈제원주와 혈신삼호법은 동등한 직위를 갖고 있으므로 고염도 혈존에게 오체투지를 할 의무까지는 없었다.

실제로 고염은 혈마 무휼이 만혈지공을 연마하기 전까진 그 꼬장꼬장한 성격으로 종종 훈계를 하며 소리를 지르기도 했던 것이다.

'그런데…….'

귀면탈은 흔들리는 눈빛으로 고염을 바라봤다.

그럴 의무가 없는데도 오체투지의 예를 표한다?

고염은 행동으로 말하고 있는 것이다.

지금의 혈존은 그저 예전의 혈존이 아니라고, 이미 사람의 한계를 뛰어넘은 자, 호법도 총혈제원주도 극상의 예를 표해야만 하는 '혈신'이라고 행동으로 직접 보여주고 있는 것이다.

"고염, 귀면, 오랜만이군."

새빨간 비단 장포 위로 마치 분을 칠한 것처럼 새하얀 얼굴이 붙어 있었다.

요력이 가득한 목소리.

그리고 무한한 힘이 소용돌이 치고 있는 듯한 붉은색 동공을 보는 순간, 귀면탈은 머릿속이 아찔해지는 것을 느끼며 비틀비틀 뒤로 세 걸음을 물러났다.

'이럴 수가……!'

귀면탈은 작금의 상황을 믿을 수가 없었다.

그는 지난 삼 년간 놀고 있지 않았다.

다른 삼호법과 함께 한시도 쉬지 않고 필사적으로 수련을 했고, 혈영패력도(血瓔覇力刀)를 완성한 후 오마와 같은 진마의 경지에 오른 것이다.

이젠 적이 없다고 생각했다.

과거엔 산공독에 혈강시, 거기다 삼호법의 협공으로 천마를 죽여야 했지만, 이젠 일대일의 대결로 천마를 죽일 수 있다고 자신하게 되었다. 생강시인 극강한 육체에 진마의 경지에 오른 무공까지, 주군인 혈마조차 상황만 맞는다면 어쩌면…… 그렇게 생각할 정도로 귀면탈은 자신감에 차 있었던 것이다.

'헛된 생각이다. 헛된 생각이었어. 혈존의 힘은 내 상상을 아득히 뛰어넘었다. 진마의 경지조차 초월했어. 이건 새로운 무공의 신천지다.'

귀면탈은 그가 무휼의 힘을 짐작조차 할 수 없다는 것에 마음 깊이 전율했다.

고개를 숙인 채 부들부들 떠는 귀면탈.

그를 보며 무슨 생각을 하는 것일까? 혈마 무휼은 그런 귀면탈을 물끄러미 응시했다.

"내 힘을 느꼈군."

"……."

스으윽—

귀면탈은 등 뒤로 소름이 끼쳤다.

"전보다 훨씬 강해졌네. 이젠 오마가 두렵지 않겠어. 다른 삼호법도 마찬가지인가?"

"…모두 진마의 경지에 올랐습니다."

"호오, 그래?"

무휼은 감탄하며 고개를 끄덕였다. 가면을 쓴 것 같았던 예전과는 달리 진심이 깃든 것 같은 감정이 얼굴 위로 선명하게 드러났다.

하지만 싸늘하고 날카롭다.

마치 시험하는 듯한 시선이다.

"혈신교의 홍복(洪福)이군. 오마의 경지에 오른 사람이 세 사람이나 되다니. 더욱 든든하잖아? 쓸데없는 희생을 줄일 수 있겠어."

"예……?"

"왜? 뭔가 이상한가?"

고개를 갸웃하며 질문을 던지는 무휼을 보며 귀면탈은 대답을 회피했다.

'쓸데없는 희생을 줄여? 혈존이 그런 말을……? 눈앞에 있는 이 사람, 혈존이 맞는 건가?'

혈마 무휼(無恤)은 이름에서부터 그렇듯이 애초에 불쌍히 여기는 마음[恤]이 없는 사람이다. 눈앞에서 백 명이 죽든 천 명이 죽든 아무런 감흥이 없는 인물.

그렇기에 더더욱 무휼의 대답은 충격적이었다.

"고작 구룡성을 장악하는 데 쓸데없는 희생이 생겨서야 안 되지. 이제 우리가 노려야 할 곳은 천하다. 황실을 장악하고 대륙의 패권을 쥐는 것에 쓰여야 할 힘이야. 다 죽더라도 거기서 죽어야지. 그래야 쓸모있는 희생이 아닌가?"

"……!!"

"뛰어난 장수는 수하들이 죽을 곳을 잘 찾아주는 법이지. 삼호법이 진마의 경지에 올랐다. 하늘에 신이 있다면… 우리를 도운 것이겠지?"

그림으로 그린 듯 아름다운 미소 위로 감정을 짐작할 수 없는 서늘한 눈빛이 걸려있다.

'저 웃음이 두려워 보이는 것은 어째서인가?'

귀면탈은 스스로 답을 낼 수 없는 질문을 던지며 천천히 허리를 굽혔다.

무휼의 몸 주변에선 핏빛 강기가 둘러싸고 있었다. 다른 사람들의 눈에는 보이지 않지만, 진마의 경지에 오른 귀면탈의 눈에는 똑똑히 보이는 무시무시한 힘이었다.

하늘마저 찢어발길 듯한 엄청난 힘.

지금껏 무림사에 존재하지 않았고, 보통의 무인들은 상상조차 하지 못했을 새로운 경지다.

귀면탈은 그것에 경의를 표했다.

총혈제원주 고염이 했던 것과 똑같이 바닥에 무릎을 꿇고 이마를 땅에 박았다.

"혈신을 배알합니다."

침묵이 방 안을 내리누른다.

혈마, 아니, 혈신 무휼은 그런 그를 잠시 내려다보다가 입꼬리를 끌어올렸다.

"다행이군."

귀면탈은 무엇이 다행이라는 건지 즉시 이해할 수가 없었다.

"무릎을 꿇지 않는다면 죽일 생각이었다."

"……!"

오체투지를 한 귀면탈의 어깨가 움찔 흔들린다.

"아까운 인재를 죽이지 않아도 괜찮아졌으니 다행스러운 일이로군. 나는 나를 경외하지 않는 수하 따윈 밑에 두지 않는다."

경외.

신으로서의 존경과 두려움을 받아야만 한다는 뜻이다. 귀면탈은 다시금 전율했다. 무휼은 이미 신(神)이다. 오마의 경지에 오른 귀면탈조차 아낌없이 잘라낼 수 있을 만큼 큰 그릇을 가지고 있다.

방금 전에 그의 목숨이 파리처럼 사라질 뻔했음에도 화가 나지 않는 이유가 바로 그것이다. 무휼에 대한 감탄과 충격.

존경.

두려움.

외경.

"귀면, 고염."

"예."

"예, 말씀하십시오."

귀면과 고염은 여전히 무릎을 땅에 댄 채 고개를 들었다.

"오늘은 내가 혈신으로서 세상에 나온 날이다. 앞으로 교에선 오늘을 기념하겠지."

"물론입니다."

고염이 당연하다는 듯 고개를 끄덕였다.

"삼 년이면 오래 기다린 것이지. 그러니 난 더 이상 기다리고 싶지 않다. 그 기념일에 한 가지 사실을 더 추가하고 싶다."

"어떤……?"

"정파에 대한 선전포고의 날. 삼 년 전에 계획했던 대계(大計)의 시작."

"……!!"

고염과 귀면은 경악했다.

스으윽—

혈신 무휼은 하얗고 긴 팔을 위로 들어 올렸다.

"둘 다 일어나라. 출전이다. 대계를 발동한다."

두근두근.

심장이 약동한다.

귀면탈과 총혈제원주 고염은 자리에서 벌떡 일어나 정중하게 포권을 취했다.

삼 년 전부터 계획되었던 대계.

정천맹을 멸망시키고, 구룡성을 집어삼키며, 황실을 전복시키는 거대한 여정이 지금 이 순간 시작된 것이다.

"드디어……!"

혈신교의 천하. 새로운 하늘이 열리고 있었다. 귀면탈과 고염은 삼세번 이마를 땅에 박았다.

"혈신 재래! 혈교 천하! 혈신 만세!"

"반드시 대계를 성공시켜 보이겠나이다!"

결연한 기세를 뿜어낸 두 사람은 성큼성큼 밖으로 빠져나 갔다.

서서히 날이 뜨거워지는 칠월. 초여름의 끝자락에 벌어진 일이었다.

*　　　*　　　*

사천.

광주와 섬서 사이에 위치한 내륙지방이자, 과거 한고조 유 방의 행보가 시작되었으며, 훗날 유현덕을 한중왕으로 만들 어준 촉(蜀)의 대지이다.

풍요롭지는 않으나 사천의 사람들이 먹고살기엔 충분한 식량이 있으며, 다른 지방 사람들은 함부로 입도 댈 수 없을 만큼 매운 요리로 유명하다.

사천은 무림의 판세로 보아도 중요한 지역이다.

구룡성이 존재하는 섬서를 바로 지척으로 두고 있으며, 서 쪽으론 포달랍궁이 있는 서장의 길목, 남쪽으론 운남 묘강으 로 이어지는 관문 역할을 하고 있다.

아미, 청성, 당문,

그리고 과거에 멸문한 점창파까지 합하면 구파일방, 오대

세가에 들어가는 명문이 네 개나 모여 있는 곳이 바로 사천이 었다.

정파로서 유일하게 전력을 보전하고 있는 곳.

구룡성의 침범을 받지 않고 정천의 의기를 지켜내고 있는 마지막 보루.

그렇기에 사천의 분위기는 항상 삼엄했다.

아미, 청성, 당문은 하나로 연합하여 주변을 경계하고 있었다. 사천을 지키는 것은 관병이 아니라 무사라는 말이 있을 만큼 그들은 철저하게 사천 곳곳을 감시했고, 세력이 반 이하로 줄었다고는 해도 여전히 중원제일의 정보력을 가지고 있는 개방 또한 사천에서만큼은 활개를 치며 돌아다녔다.

더군다나 사천에서 몇 백 년이나 뿌리를 내려온 그들은 관부와 긴밀한 연결을 맺고 있으니, 황실의 눈치를 보는 구룡성의 입장에선 사천을 치기에 껄끄러울 수밖에 없었다.

그렇다. '구룡성'의 입장에선 그렇다.

반대로 말하면, 구룡성이 아닌 다른 곳은 사천으로도 얼마든지 진격할 수 있다는 말이다.

사사사삭—

아직 어두운 새벽.

찌는 듯이 후끈후끈한 사천의 공기를 가르며 일단의 무리가 산길을 가로지르고 있었다. 그들은 백여 명가량의 인원으로 구성되어 있었는데, 거친 산길을 뛰어오르고 있음에도 누

구 하나 거친 숨소리 한번 내뱉지 않을 만큼 몸놀림이 가볍고
은밀했다.

어두운 새벽 공기 사이로 붉은색 안광들이 마치 박쥐 떼처
럼 우수수 움직인다.

이윽고 그들은 사천의 중심지인 성도가 내려다보이는 준
령(峻嶺)에 도착해 그곳에 멈춰 섰다.

백여 명이나 되는 무리를 이끌던 사내는 말없이 손가락 하
나를 들고 북동쪽으로 보이는 푸른 산을 가리켰다.

스스슥─

그러자 무리에서 간부 한 명과 마흔 명가량의 사내가 질서
정연하게 무리를 이탈해 그 산을 향해 갔다.

이번엔 우두머리의 손가락 두 개가 북서쪽으로 나 있는 대
로를 향한다. 마차 세 대가 한꺼번에 지나갈 수 있을 만큼 크
고 그 끝이 어디까지 뻗어 있는지 모를 황색 대로.

그러자 이번에도 간부 한 명과 마흔 명가량의 사내들이 그
대로를 향해 쏜살같이 튀어나갔다. 전부 흑색의 암행복을 입
은지라 그 모습은 매우 눈에 띄었으나, 시간이 워낙 일러서
그 모습을 본 사람은 아무도 없었다.

휘이익─ 휘익─

스무 명과 서른 명이 빠져나간 뒤, 본래 백여 명의 인원이
었던 무리는 오십 명만이 남아 있었다. 우두머리는 그들이 모
두 볼 수 있도록 주먹을 높이 들어 올리고 원을 그리듯이 한

바퀴를 휘저었다.

척! 척! 쿵!

그러자 오십 명의 인원이 잘 훈련된 정예 병사들처럼 걸음을 맞추고 바닥에 족적이 깊게 새겨질 만큼 강하게 발을 굴렀다.

모두의 눈에선 칙칙하고 섬뜩한 사기가 줄기줄기 뿜어져 나온다.

우두머리는 그 모습을 보며 '하!' 하고 감탄성을 내지르며 손가락으로 성도의 한 지점을 가리켰다.

성도의 관문 너머 녹색으로 단청을 올린 벽이 주변을 둘러싸고 있는 장소다.

그곳은 웬만한 마을보다도 더 큰 규모를 가지고 있었는데, 그 안에 있는 작은 집만 해도 수백 채에 이르렀고, 아직 이른 새벽임에도 계속해서 굴뚝으로 연기가 올라오고 횃불로 주변을 경계하고 있는 심상치 않은 곳이었다.

우두머리는 그 장소를 사납게 노려보았다.

녹색 단청의 세가.

사천이라는 지명을 들으면 자연스레 연상하게 되는, 사천에서 가장 유명한 가문이 있는 곳이다.

암기, 독, 기관장치의 달인과 명장(明匠)들이 집결해 있는 위험천만한 마을.

한 방울의 피를 백 개의 목숨으로 갚는다는 철혈의 법칙으로 유명한 독의 혈족이 사는 곳.

바로 사천당가(四川唐家)였던 것이다.

삐이이이익—

우두머리가 휘파람 소리를 내는 순간, 오십여 명의 사내들
이 일제히 움직이기 시작했다. 새처럼 가볍게 뛰어내린 그들
은 통통 튀는 듯한 움직임으로 순식간에 절벽을 내려갔다. 우
수수 떨어져 내리는 돌가루를 뒤로한 채 해가 뜨기 전의 어스
름한 길목을 오십여 명의 사내들이 질주한다.

그 모습은 마치 거대한 그림자 덩어리가 살아서 움직이는
듯하다.

사천당문(四川唐門)을 지키던 두 무사는 꾸벅꾸벅 졸던 고
개를 번쩍 든 채 갑자기 몰려드는 거대한 어둠을 보며 온몸이
딱딱하게 굳어버렸다.

"스, 습격이다!"

"적습! 호, 호각을……!"

비록 새벽녘 대문을 지키는 문지기라고는 해도 무림에서
손꼽히는 사천당가의 무사답게 그들은 재빨리 훈련받은 대로
행동했다.

한 사람은 품속에서 암기를 꺼내고, 한 사람은 목에 걸려
있던 호각을 꺼내며 정문 안쪽으로 뛰어든다.

한 사람이 목숨을 바쳐 시간을 버는 사이, 다른 한 사람이
번을 서던 무사들에게 신호를 보내는 것이다.

굉장히 합리적이면서 잔혹한 방식.

하지만 습격해 온 상대는 그들의 생각을 훨씬 뛰어넘고 있었다.

삐……!

안쪽으로 뛰어들던 당문의 무사는 호각에 숨을 불어넣는 순간, 갑자기 대들보 위에서 뭔가가 쏟아져 내리는 듯한 환각을 보았다.

쏟아져 내린다?

아니, 정확히 말하자면 뭔가가 위에서 쪼개졌다.

하늘에서 땅으로.

마치 번개가 튀듯 눈앞이 번쩍이며 그가 들고 있던 호각이 미처 소리를 밖으로 뿜어내지 못한 채 반 토막이 나며 바닥으로 툭 떨어졌다.

호각뿐이 아니다.

호각을 잡고 있던 손가락과 팔목도 뎅겅 잘려 나가 바닥에 떨어졌다.

"아……."

인지(認知)를 벗어난 상상 외의 현상에 경악한다.

단말마의 한숨.

안쪽으로 뛰어들던 무사는 그것을 유언으로 남기며 온몸이 반으로 쪼개졌다.

푸화악—!

피는 그다음에 튀어 올랐다.

"오철!"

결사의 의지로 양손에 암기를 꺼내 들었던 나머지 한 명은 갑작스레 죽음을 맞이한 동료를 보며 믿을 수 없다는 듯이 두 눈을 부릅떴다.

우르르 몰려오던 그림자는 아직 이십 장이나 거리가 떨어진 채다. 그래서 당연히 위험 신호를 보내는 것엔 아무런 문제도 없을 줄 알았는데, 갑작스레 뒤쪽에서 공격이 튀어나온 것이다.

그것도 일격에 사람을 반으로 쪼개 버리는 무시무시한 공격이.

"흐으……."

반으로 쪼개진 동료의 핏물 사이에서 마치 귀신처럼 한 사내가 몸을 일으켰다. 검은색 피풍의를 이마까지 푹 뒤집어써서 얼굴과 몸이 보이지 않았다.

키는 육 척 가까이 되는 상당한 장신이었는데, 자세히 보면 양쪽 소매가 땅에 닿고도 남을 만큼 길었다. 온통 거무튀튀하고 불길한 모습. 피풍의에 가려 아무것도 보이지 않는 가운데 새빨간 눈동자만 선명하게 보였다.

철퍽, 철퍽.

피에 젖은 발걸음이 천천히 다가온다.

그가 동료의 몸을 쪼개 버린 장본인이라는 것은 쉽게 알아차렸다.

"으, 흐아앗!!"

사내는 있는 힘을 다해 양손에 들고 있던 암기들을 집어 던졌다.

회풍무류(回風無流), 일선풍(一旋風).

기본적이지만 그가 가장 잘할 수 있는 수법을 총동원해 기습을 날렸다.

푸푸푹— 피슉—

'됐나……?'

기습이 주효했던 것일까.

동료를 반 토막 낸 사내는 방어조차 하지 못한 채 그가 던진 암기들을 온몸에 맞고 말았다.

고급품은 아니지만 하나하나가 모두 날을 벼려놓은 살벌한 물건. 게다가 몇몇엔 그가 비싼 돈을 주고 직접 구입한 화사(花蛇)의 독도 묻혀두었다.

다른 것은 몰라도 화사의 독까지 발라두었으니 곧 칠공에서 피를 토하며 쓰러지리라.

사내는 그렇게 생각했으나, 놀랍게도 피풍의를 입은 괴인은 온몸에 암기를 꽂은 채 그대로 성큼성큼 다가왔다.

"말도 안 돼……!"

부릅뜬 눈동자에 피풍의에서 떨어져 나와 바닥에 후두두 떨어져 버리는 암기들이 아프게 박혀든다.

놀랍게도 그가 있는 힘껏 집어 던진 암기들은 상대의 피부를 뚫지 못하고 옷자락만 꿰뚫었던 것이다.

"피부가 철판이라도 되는 건가……?"

사내는 멍하니 중얼거렸으나, 그에 대한 답은 영원히 알 수 없었다.

푸화악—!

좌우에서 동시에 사선으로 교차되는 불꽃.

사내의 몸은 사 등분이 된 채 바닥에 널브러져 버렸다.

철컥—!

"흐으……?"

그런데 갑자기 사 등분 된 사체에서 기계음과 함께 뭔가가 폭발하며 뿌연 연기가 피어올랐다.

이지가 상실된 괴인으로서는 그게 무슨 상황인지 판별할 수 없다.

사체에서 흘러나온 연기가 위쪽을 향해 뭉게뭉게 피어오르고, 그 연기가 대문의 위쪽에 있는 횃불에 닿는 순간 갑자기 화약에 불을 붙인 것처럼 연쇄적으로 폭발해 버렸다.

펑! 퍼퍼펑! 퍼퍼펑!

"뭐야!"

"비상 신호다!"

"비상! 비상!"

뎅— 뎅— 뎅—

양팔이 땅에 닿을 듯한 괴인은 자욱한 핏물을 밟은 채 이해할 수 없다는 듯 고개를 모로 꼬았다.

사천당문의 안쪽에선 연신 시끄러운 종소리와 함께 인기척이 모여들고 있었다.

"흐으?"

스스스스—

괴인이 엉거주춤하게 서 있는 사이 절벽에서부터 달려온 오십여 명의 사내가 대문에 도착했다. 그중 검은색 피풍의의 소매에 붉은색으로 만(卍) 자를 새겨놓은 우두머리는 시끌벅적한 당문의 내부를 넘겨다보며 재밌다는 듯이 웃음을 터뜨렸다.

"클클, 과연 사천당문이군. 문지기가 죽으면 알 수 있도록 미리 장치를 해놓았단 말이지? 오히려 잘됐다. 어느 정도 반항이 있어야 사냥을 하는 재미도 있는 법이니까."

그의 이름은 고황(苦況). 제십 혈제원주이자 백이십 구의 혈강시를 통제하는 이번 사천토벌대(四川討伐隊)의 책임자인 사내다.

그는 육십이 넘은 나이였으나 겉으로 보기엔 고작 사십대의 건장한 사내로 보였는데, 떡 벌어진 어깨와 피풍의 사이로 엿보이는 상체엔 단단한 근육을 마치 갑주처럼 두르고 있었다. 날카롭고 작은 눈, 높은 콧대, 그리고 얼굴 형태를 넘지 않는 새카만 수염을 적당히 기르고 있다는 것이 인상적인 사내었다.

그는 총혈제원주인 고염의 동생이기도 했는데, 혈강시 제작 기술은 고염보다 못하지만 무공 쪽으로는 오히려 훨씬 강한 호전적인 인물이었다.

그는 오십여 구의 혈강시들이 똑바로 정렬한 채 서 있는 모습을 확인한 뒤 굳게 닫혀 있는 두께 한 자짜리의 대문으로 다가갔다.

"자, 혈신께서 출관하신 뒤 첫 번째로 치르는 전투이자 사천 토벌의 효시가 될 사건이다."

우우우웅—

비스듬하게 돌린 몸.

팔꿈치를 옆구리에 댄 오른쪽 손바닥으로 시뻘건 혈강기(血剛氣)가 모여들기 시작했다. 두 눈에서 번뜩이는 광기의 기운. 왼발로 강하게 진각을 밟고 쭉 뻗은 오른발로 땅을 박차며 오른손에 모은 혈강기를 일시에 방출했다.

쫘아아앙—!

땅이 흔들리는 굉음과 함께 두께가 한 자나 되는 두꺼운 통나무 대문의 중앙에 고황의 손바닥 자국이 선명하게 새겨졌다.

"클클. 안쪽에 철심을 박아놨나 보군."

그 때문에 박살 나지 않은 것은 아쉽지만, 사천당가의 대문은 흔들흔들 움직이다가 결국 힘을 받은 뒤쪽으로 넘어져 버리고 말았다. 문은 고황의 힘을 견뎠지만, 문을 고정시키고 있던 경첩은 그 힘을 견디지 못한 것이다.

쿠우웅—

하는 소리와 함께 뿌연 흙먼지가 피어올랐다.

그리고 그와 동시에 안쪽에서 제각각 횃불을 들고 기다리고 있던 백오십가량의 무사들이 일제히 고황을 쏘아보았다.

온통 당가를 상징하는 녹색의 무복.

손에는 독물이 피부에 닿지 않도록 녹피를 감고 양손 한 가득 당문 특제의 수많은 암기들을 쥐고 있었다. 자다가 나왔음이 분명한데도 잠이 덜 깼다거나 어딘가 허술한 모습은 찾아볼 수가 없다. 날이 새파랗게 서 있는 살벌한 기세. 평소 혹독한 훈련을 받아왔다는 증거다. 고황은 더욱 큰 소리로 웃었다.

"클클! 과연! 더욱 재밌으렷다!"

픽!

고황은 바닥에 떨어져 있던 둥그런 물체를 당문의 인물들이 있는 쪽을 향해 발로 차버렸다.

철퍽거리는 소리와 함께 둥그런 물체가 바닥을 굴러간다.

커다란 횃불 아래 둥그런 물체가 그 정체를 드러내는 순간, 지켜보던 당문의 인물들 눈빛에서 노기(怒氣)가 끓어올랐다.

"문환의 목이……!"

"오철도야!"

"이놈, 감히……!"

당문도들에게서 살기가 증폭되었다. 당장에라도 누군가가 손에 든 암기를 던질 것 같은 일촉즉발의 분위기 속에서 안채로부터 한 사람이 걸어나왔다.

"감히 당문에 침입하다니! 이건 백 사람이 넘는 피로 되갚게 될 것이다! 알고 있느냐?"

당문의 직계 손이자 차기 당문의 문주로 유력시되고 있는 비철수(飛鐵手) 당호재(唐虎再)였다.

아직 만천화우는 익히지 못했으나, 그 밖에 당문의 백팔 절독과 삼십육 암기술을 대성한 것으로 알려진 기재.

그는 당문의 정예인 녹비대(綠秘隊)를 향해 손짓하며 고황의 정면으로 다가왔다.

"네놈들, 이곳엔 무슨 목적으로 왔는가!"

"…그걸 질문이라고 하는 건가?"

고황은 코웃음 쳤다.

"당연히 당문을 멸문시키기 위해서다."

"뭐라?"

"내가 이래서 정파 놈들을 싫어하지. 싸움을 걸면 그냥 싸우면 될 것을 주저리주저리 말이 많아."

비철수 당호재의 얼굴빛이 차갑게 굳어졌다.

"역시 마도(魔道)의 놈들이었군."

"클클, 이렇게나 기회를 주는데도 공격하지 않는 것이냐?

이런 기회는 두 번 다시 없어. 어서 선공을 하는 것이 좋을 텐데?"

"그렇지 않아도 그렇게 하려던 참이다."

말을 끝내기가 무섭게 당호재의 양손이 앞으로 휘둘러졌다.

날아가는 다섯 개의 섬광.

제각각 회풍무류의 심득을 담은 암기들은 나비처럼 흔들리며 고황을 향해 쏘아졌다. 흔들흔들 기묘한 박자로 움직이면서도 그 속도만큼은 놀랄 만큼 빨랐다.

"오오!"

아직 이립도 되지 않은 당호재의 나이를 생각할 때 그만한 성취와 위력은 대단한 일. 당문도 사이에서 탄성이 터져 나왔다. 역시 비철수라던가, 역시 차대 당문주라는 말들이 들렸다.

파파파팍—!

"아니……!"

그런데 암기들이 고황의 몸에 닿으려는 순간 그의 등 뒤에서 튀어나온 그림자들이 고황을 대신해 몸을 던졌다.

암기들이 박힌 곳은 고황의 수하들.

당호재는 잠시 당황했으나 이내 신색을 회복하고 외쳤다.

"사도의 종자들이 수하들에게 사술을 써서 목숨을 바치게 만든다더니 진짜였구나! 하지만 그 수하들이 무한히 있지는 않을 것이다! 녹비대, 가자! 침입자들을 모조리 쓸어버리자!"

타하앗—!

듯이 기합성이 튀어나오며, 동시에 녹비대 오십 명의 손에서 각각 세 개씩의 암기가 쏘아졌다.

총 백오십 개의 암기가 일제히 날아가자 한순간 전방의 공간이 암기로 빼곡히 덮이는 듯했다.

푸푸푸푹—!

고황의 앞을 지키려는 듯 휙휙 튀어나온 검은색 피풍의의 인영들은 그들이 던진 암기를 하나도 빠짐없이 다 얻어맞고 말았다.

"뭐야? 너무 쉽잖아?"

당호재가 힘이 빠진 말투로 중얼거린다.

녹비대의 암기엔 몸에 침투하면 촌각 안에 죽어버리는 치명적인 신경독이 발라져 있다. 그것을 침입자들이 다 맞아버렸으니, 싸움이 제대로 시작되자마자 끝난 것이다.

"하긴, 감히 당문에 침입한 자들이 멀쩡히 살아 있는 것이 더욱 이상하지."

자부심으로 가득 찬 미소를 짓는 당호재.

그런데 그 순간 당연히 죽어서 쓰러져야 할 검은색 피풍의의 사내들이 아무렇지도 않게 움직이기 시작했다.

암기를 몸에 꽂은 채 무슨 일이 있었냐는 듯 태연하게 고황의 주변을 지킨다.

"그런 말도 안 되는……! 혈홍사(血紅蛇)의 독을 맞고도 멀쩡하다니, 있을 수 없는 일이다!"

당호재뿐만 아니라 녹비대 전원이 충격에 휩싸였다. 그들은 눈앞에서 벌어지는 일을 믿을 수가 없었다.

"클클, 기회는 한 번뿐이라고 이미 말했을 터인데?"

딸랑……

고황은 품속에서 꺼낸 환혼령(還魂鈴)을 흔들었다.

그러자 새빨갛게 눈을 빛내는 혈강시들.

그들은 땅에 끌릴 것처럼 긴 팔을 휘두르며 녹비대를 향해 비호처럼 달려들었다. 놀란 녹비대가 극독이 묻은 암기들을 내던졌지만 혈강시에게 있어서 암기는 무용지물이나 마찬가지였다.

가장 앞서 있던 녹비대주가 혈강시 두 구에 의해 사 등분된 것을 시작으로, 나머지 녹비대원들은 순식간에 도륙당했다.

"만독불침, 도검불침, 땅에 닿을 듯한 긴 팔……."

당호재는 눈을 부릅뜬 채 뒷걸음질 쳤다.

"쌍장동혈강시! 이럴 수가! 쌍장동혈강시가 오십 구나 되다니. 말도 안 돼. 이건 가주님을 불러야 해."

당호재는 급보를 전하기 위해 등을 돌리고 전력을 다해 신법을 전개했다.

"공자님을 지켜라!"

"뒤는 우리가 지켜야 한다!"

"막아! 막아야…… 컥!"

뒤를 막아서는 당문도들이 제대로 반격조차 하지 못한 채 피를 뿌리며 쓰러져 간다.

당호재는 피가 나도록 이를 악물면서 뒤를 돌아보지 않으려고 애썼다. 지금쯤 가주가 있는 곳에도 소식이 들어갔을 것이다. 하지만 그것만으로는 안 된다. 당호재는 적이 혈강시라는 사실을 직접 가주에게 알려야만 했다.

"어딜 가시나?"

"……!!"

목소리는 바로 목덜미 근처에서 들려왔다. 그에 놀라 넘어지지 않고 곧바로 암기를 날려 대응한 것은 순전히 평소에 수련을 게을리 하지 않은 덕분이었다.

쉐에엑—

섬전처럼 쏘아지는 비황석(飛蝗石).

하지만 그보다 한발 빠른 속도로 강력한 장력이 당호재의 옆구리를 후려쳤다.

빠각—!

"커허……!"

당호재가 본능적으로 팔을 내려 방어했으나, 팔뚝째로 부러진 채 돌멩이처럼 옆으로 퉁겨져 날아갔다. 우드득, 하는 소리와 함께 갈비뼈도 몇 개 부러진 채였다.

그나마 진기를 끌어올리지 않았다면 몸이 그 자리에서 터져 나갔을 위력.

당호재는 그 위력에 전율하며 몸을 새우처럼 구부린 채 숨도 제대로 쉬지 못했다.

"커, 커허……."

"죽지 않은 건가? 호오, 애송이치곤 제법이구만."

고황은 클클 웃으며 다가와 차가운 눈으로 당호재를 내려다봤다.

"말했을 텐데? 기회는 한 번뿐이라고. 한 번에 공격을 성공시키지 못했다면 내 차례지. 안 그런가?"

고황이 들어 올린 손에 붉은빛의 혈강기가 모여들기 시작했다.

수강기(手鋼氣).

절정의 경지, 패마의 경지를 넘어섰다는 증거.

쫙 펼쳐진 손바닥은 단번에 당호재를 박살 낼 것 같은 무시무시한 기세를 뿜어내고 있었다.

"크흐……!"

당호재는 부러진 갈비뼈가 폐를 찌른 탓에 숨만 쌕쌕거리며 일어나질 못했다.

"당가주에게 말하려고? 뭐, 그것도 재밌겠지만 그래서야 안 되지. 나랑 한 약속을 어기는 게 되잖나?"

"네, 네놈…… 쿨럭! 쿨럭!"

"클클, 다 죽어가는군. 좋아, 오랜만에 선심 좀 써볼까? 너는 당가주와 팔비영(八飛影)을 부르려고 하는 모양인데, 그걸로는 안 돼. 쌍장동혈강시 오십 구면 팔비영이 오십 명 있는 거나 마찬가지지. 어때? 사천당문을 하룻밤새 멸문시키기에 충분한 숫자지?"

"......!"

"당가주 성격에 어디로 도망갈 리도 없고 말이야. 어차피 네가 이 사실을 알렸더라도 변하는 건 없었을 거다. 어때? 마음이 좀 편해지나?"

당호재는 몸을 덜덜 떨면서 증오의 눈빛으로 고황을 노려보았다.

고황은 그런 그를 가소롭다는 듯이 내려다보았다.

"마음에 안 드는 눈빛이군. 그만 죽어라."

퍼억—!

거친 소리와 함께 몸이 박살 나며 핏물이 튀었다. 고황은 별 감흥 없이 몸을 돌렸다. 뒤쪽에선 이미 녹비대와 경계를 위해 나왔던 당문의 무사들을 모조리 도륙한 혈강시들이 줄지어 정렬해 서 있었다.

마치 아무 일도 없었다는 듯 처음과 똑같은 모습.

다만 피를 보고 흉포해진 눈빛과 주변에 널려 있는 피투성이의 참상만이 방금 있었던 일들을 말해줄 뿐이다.

"웬 놈들이냐! 감히 당문에 쳐들어와 피를 보다니! 구족이

멸당할 각오는 했으렷다!'

당문의 안채에서 우르르 몰려 나온 무사들이 고황과 혈강시 오십 구의 주변을 에워싼다.

그 무사들의 중심에서 호통을 치는 중년인을 보며 고황은 큰 소리로 웃었다.

"클클! 피는 못 속인다더니 아비와 아들이 판박이구나!"

"뭣이? 아들이라니? 설마 호재를 말하는 것이냐?"

당문주 기왕(器王) 당문천(唐文天)은 흔들리는 눈빛으로 주변을 살폈다.

당호재의 호탕한 성품이라면 가장 앞서서 침입자를 향해 달려드는 것이 당연하다.

당문의 직계 중에서도 가장 아끼는 아이.

차기 가주로 점찍어두고 있는 녀석을 찾았으나 그 어디에도 당호재는 보이지 않았다. 당문천은 혹시나 하는 심정으로 바닥에 널브러진 사체들을 눈으로 훑었고, 그리고 찾아버렸다.

"호… 재?"

빠른 속도로 정확하게 목표를 맞춰야 하는 암기술을 위해서는 안력이 극도로 중요하다. 실제로 직계 비전의 안공을 익힌 당문천은 한눈에 소나무의 솔잎이 몇 개인지도 알 수 있었다.

그러니 눈에 보였다.

우두머리로 보이는 한 중년 사내의 발밑에 호재가 즐겨 입던 비취색의 비단 무복이 있었다. 피범벅이 되어 형체를 알 수 없게 짓이겨진 시체에 입혀져 있었다.

비단 무복뿐만이 아니다. 당호재가 아끼던 옥 요대, 그리고 호재가 즐겨 사용하던 수십 종류의 암기들이 바닥에 흩어져 있었다.

"호재… 호재가……! 네 이노옴……!"

사실을 확인하는 순간, 극도로 분노한 당문천은 두말 않고 품속에서 비전의 암기를 꺼내 들었다.

만천화우(萬天花雨).

당가의 비전 중에서도 최상위의 비전으로 분류되는 필살의 기예.

오직 선택된 재능을 가진 자만 익힐 수 있으며, 역대 당가의 가주들 중에서도 익히지 못한 자가 수두룩하다는 절공이 그 선을 보이는 순간이었다.

하늘을 가득 채우는 꽃의 비.

그것이 만천화우를 수식하는 말이다.

실제로 당문천이 무공을 전개하는 순간, 하늘에는 거대한 꽃이 피어 있었다.

수백이 넘는 암기의 꽃이다.

피할 곳은 없고 피할 방법 또한 없다.

한 사람에게 향하기엔 너무나 과도한 그 무공은 고황은 물론이고 뒤쪽에 정렬해서 서 있는 혈강시에게까지 향하고 있었다.

"과연."

고황은 재밌다는 듯이 웃은 뒤 환혼령을 두 번 울렸다.

딸랑, 딸랑.

방울소리와 함께 혈강시들이 고황의 앞을 막아선다. 인의 장벽을 만들어 고황의 앞과 옆을 철저히 방어하는 것이다.

푸슈슈슈슉—

하늘을 가득 메웠던 수백의 암기들이 비처럼 쏟아져 내렸다. 옷자락이 찢어지는 소리, 살이 꿰뚫리는 소리, 단단한 청석 바닥이 부서지는 소리가 연이어 들려온다.

하지만 소나기는 언젠가 그치는 법.

암기의 비가 그쳤을 때, 맨 앞에 있던 혈강시들은 걸레처럼 너덜너덜하게 변했지만 그 뒤에 숨어 있던 고황은 손가락 하나 다치지 않았다.

고황은 큰 소리로 웃었다.

"천하의 만천화우도 겨우 혈강시 두 구인가. 그래, 그렇겠지. 그게 정파의 한계다. 그게 바로 당문이 오늘 멸문하는 이유가 되는 것이야!"

"혈강시라고……?"

"혈신 재래! 혈교 천하! 이제 세상은 혈신교의 것이 될 것이다. 그거나 알고 죽도록. 오히려 기뻐하는 것이 좋아. 당문은 우리 혈신교의 첫 번째 행보로 역사에 남을 테니까."

당문천은 만천화우를 사용한 여파로 거칠게 숨을 몰아쉬고 있었다.

고황은 딸랑딸랑 소리를 내는 환혼령으로 당문천을 가리켰다. 황급히 당가의 정예인 팔비영이 당문천을 둘러싸고 보호했으나 고황은 코웃음만 칠 뿐이다.

"자, 모두 가라! 마음껏 날뛰는 거다! 모조리 죽여 버려!"

키아아앗—!

혈강시들이 일제히 앞으로 돌진했다. 통통 튀는 움직임. 흉포하게 눈을 번뜩이며 사냥감을 향해 칼날 같은 팔을 휘두른다.

"으아아—!"

"막아라—! 가주님을 지켜라!"

바람을 가르는 암기, 뿌옇게 피어오르는 독연(毒煙) 사이로 혈강시들과 당가의 무사들이 부딪친다.

처절한 비명 소리와 함께 핏물이 튀어 올랐다.

"크하하! 모조리 죽이는 거다!"

고황의 웃음소리와 함께 사천당문의 터전은 붉은빛으로 뒤덮이고 있었다.

*   *   *

그날 저녁. 성도가 내려다보이는 언덕 위로 새카만 피풍의를 걸친 혈강시들이 모여 있었다. 모습만 봐선 처음 출발했던 새벽녘과 변한 것이 없어 보이지만, 자세히 보면 검은색 피풍의가 온통 끈적끈적한 액체로 젖어 있다는 점이 달랐다. 가만히 서 있는데도 바닥에 물방울일 뚝뚝 떨어질 정도였다. 이미 주변은 숨을 쉬기 힘들 만큼 짙은 혈향으로 가득 차 있었다.

"클클, 모두 성공인가."

제십 혈제원주 고황은 피에 젖은 혈강시를 데리고 귀환한 간부 두 사람을 보며 흡족하게 고개를 끄덕였다.

"피해는?"

"청성은 여덟입니다."

"아미파는 스물입니다."

간부 두 사람은 무표정한 얼굴로 대답했다.

"스물이나? 아미파가 그렇게 강했나?"

"아미신녀의 무공이 생각보다 강해서……. 그리고 항마후(抗魔吼)의 위력 때문에 혈강시들의 움직임이 매끄럽지 못했습니다."

"흐음, 그렇군. 항마후가 있었나. 과연 불문(佛門)이나 도문(道門)은 그런 점이 까다롭겠어."

고황은 턱수염을 쓰다듬으며 흥미로워했다.

"당문은 열다섯이다."

"십원주님이 가셨는데도 생각보다 많이 당했군요."

싸움이라는 것은 숫자 놀음이 아니다.

십 대 십에서 한쪽을 몰살시키는 데 여덟이 당했다고 해도, 십 대 이십이 되면 둘만 당하고도 모조리 쓸어버릴 수 있는 것이 싸움의 오묘함이다.

그런데 고황이 이끌고 혈강시가 오십이나 갔는데 열다섯이나 당했다는 것은 간부들 입장에선 놀라운 결과였다.

"만천화우에 둘, 당가주랑 팔비영이 마지막에 발악을 해서 셋 더, 당가지보(唐家至寶)인 무형지독(無形之毒)에 열이나 당했다. 흐음, 항마후를 쓸 수 있는 아미승이 함께 있었다면 의외로 힘들어졌을 수도 있겠어. 조심해야 할 필요가 있겠다."

고황은 잠시 심각한 표정을 지었으나, 이내 표정을 풀고 유쾌하게 웃었다.

"큭큭, 혈강시 백 구! 사천 땅을 다 제압하고도 아직 오십 구나 남았구나!"

"혈신교의 힘은 최강입니다."

"물론이다! 이제 뒷수습을 해야 할 텐데. 교단(敎團)은 언제 온다고 했지?"

"빠르면 내일, 늦어도 사흘 안에 도착하기로 되어 있습니다."

"좋아, 좋아. 이제 이곳도 혈신의 색으로 물들겠군."

혈강시를 필두로 한 그들이 땅을 갈아엎는 '쟁기'라면, 교단에서 나오는 신도들은 그 땅에 씨앗을 뿌리고 싹을 트게 하는 '농부' 였다.

이제 사천 땅에선 혈신교의 싹이 무럭무럭 자라나 언젠간 열매를 맺게 될 것이다.

"신교의 본부에 파발을 띄워라! 이제부터 시작이다! 그리고 우린 집합 장소로 간다!"

"예!"

그들은 나타났던 것과 마찬가지로 야음을 틈탄 새벽녘에 신기루처럼 사천 땅에서 사라졌다.

                    *   *   *

숭산 소림.

모든 무림인의 성지. 만공종사(萬功宗師)인 달마 대사의 전설부터 시작하여, 육조, 혜능, 녹옥신검의 신화까지 모두 소림의 이름으로 행해진 기적이니, 무림사(武林史)에 있어서 소림의 영향력이란 지대하다고밖에 표현할 수 없다.

구룡성이 구파일방 대부분의 항복을 받아냈을 때, 소림만은 건드리지 않은 것만 봐도 그 힘이 얼마나 대단한지를 알수 있다.

문파의 힘이란 꼭 무력만을 따지는 것이 아니다. 역사, 인맥, 금력(金力), 민초들에게 끼치는 영향력 그 모든 것을 따졌을 때, 소림은 여전히 무림의 태산북두라고 하기에 부족함이 없는 것이다.

뎅— 데엥— 데에엥—

그런 소림의 산문에선 꼭두새벽부터 위기를 알리는 타종 소리가 연신 울려 퍼지고 있었다.

세 시진 전, 숭산 초입으로 들어가는 하남성의 백록사(白鹿寺)에서 산길을 통해 이동하는 수상한 무리를 발견했다. 백록사는 곧바로 소림에 연락을 취하고 무승(武僧)들을 보냈으나 어떠한 결과도 내지 못하고 소리 소문 없이 몰살.

그 뒤 소림의 그늘 아래 있는 속가들과 표국, 상단의 인력이 모조리 숭산 인근의 수색에 투입되었으나 범인들을 잡는 것엔 실패하고 말았다.

하지만 한 시진 뒤, 삼백여 명의 인원으로 구성된 표국과 상단의 연합이 소림으로 이어지는 숭산 중턱에서 침입자들과 정면으로 마주친다.

싸움의 향방은 시종일관 일방적이었다. 마치 천적이라도 마주친 것처럼 한쪽이 다른 한쪽에게 조금의 타격도 주지 못한 채 몰살당한 것이다.

침입자들은 거기서 지체하지 않고 곧장 북상(北上).

소림사의 산문에 도착해 미리 연락을 받고 경계하고 있던 십팔나한과 지객당의 당주인 법문(法文) 선사를 싸움이 시작된 지 일각도 지나기 전에 격살하는 기염을 토한다.

숭산 전체에 퍼져 나가는 비상경계령의 종소리가 울리기

시작한 것도 바로 그때부터였다.

소림사는 자비와 보시를 중요시하는 불문의 사찰이지만, 무공을 익히게 하고 무승을 키워내기도 하는 엄연한 무파(武派)다. 이쪽이 아끼던 제자들의 피를 보았는데도 허허 웃으며 넘어가 줄 정도로 만만한 곳이 아닌 것이다.

곧바로 내전을 지키고 있던 백팔나한이 모습을 드러냈고, 금강승(金剛僧) 수준의 장로들이 서른 명, 게다가 무림십일존 중의 한 사람이자 소림의 최고수라고 소문난 불성(佛星) 공화(空華) 존자가 나타났다.

공화 존자는 특이한 사람이었다.

소림사 특유의 노란색 가사와 붉은색 천을 둘렀는데, 옷자락이 마치 새것처럼 깨끗하고 잘 관리되어 있었다. 나이는 육십이 넘은 듯했으나, 가슴팍까지 내려오는 미염(美髥)은 아직도 새카만 윤기가 흘렀다.

몸은 건장하지 않았다.

아니, 오히려 왜소해 보인달까.

가사 자락 아래로 보이는 손목은 너무나 가늘어서 여인의 그것처럼 보일 지경이고, 시골의 촌부처럼 살짝 허리를 굽히고 있는 모습을 보면 실제로 무공을 익히긴 했는지 의심이 생길 정도다.

하지만 그는 불성.

여래승(如來僧)이라 불리는 소림의 최고수다.

그는 안타까움이 가득한 얼굴로 산문에 쓰러져 있는 소림 제자들을 바라봤다.

"소림에서 피를 볼 줄이야. 이 업을 어찌할꼬."

공화 존자는 손에 든 염주를 굴리며 나직하게 불호를 외웠다.

"이 업에 대한 대가는 클 것이외다."

작고 주름진 눈에서 강렬한 눈빛이 번뜩인다. 공화 존자의 시선이 향하는 곳엔 한 사람이 서 있었다. 꽤나 몸집이 작은 편인 공화 존자보다도 훨씬 왜소한 체구, 허리는 꼽추처럼 굽어 있었으며, 등 뒤엔 자신의 몸집보다도 커다란 대도를 비스듬하게 메고 있었다. 얼굴엔 보기만 해도 섬뜩한 귀면탈을 쓰고 있었는데, 뻥 뚫린 눈구멍에선 시뻘겋게 충혈된 눈동자가 보였다.

"혈신교에서 이런 만행을 저지른 것, 소림은 이 일을 절대로 가벼이 넘기지 않을 것이오."

"불성의 으름장이라……. 이거 무서워서 살겠나."

귀면탈은 거친 목소리로 비웃었다.

"이쪽은 삼호법과 혈강시 이백 구다. 그쪽엔 뭐가 있지?"

"힘이란 숫자로 이야기할 수 없는 것이오."

"이건 또 어린애 같은 이야기군. 우린 중들이 하는 선문답을 듣고자 온 것이 아니야. 오늘 소림은 문을 닫는다. 그걸 위해 찾아온 것이다."

"소림의 문을 닫는다? 감히······!"

"그렇지. 화를 내라. 불성의 실력을 보고 싶다."

공화 존자가 분노하는 모습을 보며 귀면탈은 오히려 기다렸다는 듯 반색했다.

등 뒤에 메고 있던 대도를 뽑아 들고 살기 충만한 기세를 마음껏 뿜어낸다.

소림사 측에서도 가만히 있지 않았다. 백팔나한이 진각을 내디디며 쿵 하고 들고 있던 선장을 바닥에 내리찧었고, 장로들은 제각각 분노한 안색으로 가사 자락이 빳빳하게 설 만큼 내공을 끌어올렸다.

일촉즉발의 상황.

그들 중 아무런 움직임도 취하지 않는 것은 오직 불성 공화 존자뿐이었다.

그는 심유하게 가라앉은 눈빛으로 진면목을 드러낸 귀면탈을 응시했다.

"귀면탈, 강해졌군. 아니, 귀면탈뿐이 아닌가? 그 뒤의 다른 호법들도 똑같이 강해졌어. 이래서야··· 정천맹의 혈사 때와 똑같겠구려."

정천맹의 혈사.

혈신교에서 보낸 혈강시와 구룡성의 정예들 습격으로 정천맹의 고수들이 몰살을 당했던 사건을 말한다.

그 사건의 여파로 본래 하북에 있던 정천맹은 강서성으로 밀려났다.

　그때 활약을 한 것이 바로 유명한 구룡성의 오마고, 그 뒤
로 '오마'라는 말은 하나의 무공 경지처럼 이야기되어 왔다.

　"혈신삼호법. 오마 세 사람이 온 것과 같겠소."

　"그걸 알았다고 해도 도망치진 않았으면 하는데."

　"그럴 리가. 우리 소림도 그날 이후로 절치부심하여 무공
에 전념한 제자들이 많소. 그리고 부처님의 은덕이신지 뛰어
난 재질을 가진 아이들이 많이 들어왔소이다."

　공화 존자는 양손을 모아 천천히 합장을 했다.

　소림의 무공은 인사에서부터 시작된다.

　합장.

　상대에 대한 예를 취하는 것이 소림 무공 대부분의 기수식
이나 다름없었다.

　"오늘만큼은 살계를 열겠소. 이 이상 소림의 경내를 짓밟
을 수는 없을 것이외다."

　합장을 했던 것과 같은 속도로 천천히 몸을 일으키는 공화
존자.

　인자한 얼굴 위로 태양처럼 뜨거운 눈빛이 번뜩였다.

　퍼어엉—!

　"……!"

　귀면탈은 황급히 몸을 옆으로 날려 피신했다. 그가 서 있던
곳으로부터 바로 뒤에 있던 혈강시 하나가 허리가 부러진 채

뒤로 튕겨져 바닥에 널브러졌다.

십 장이 넘는 거리.

게다가 육신이 무쇠처럼 단단하다는 혈강시를 대번에 박살 내는 위력이다. 귀면탈은 쇳가루처럼 거친 목소리로 감탄했다.

"백보신권(百步神拳)인가! 좋다! 시작이다!"

진마의 경지에 오른 귀면탈.

거리를 압축하듯 순식간에 달려들며 대도를 위에서 아래로 내리그었다.

푸화아악—

극성에 이른 혈영패력도. 굉음을 내며 대도 위로 붉은색 강기가 일 장이나 뿜어져 나갔다.

공기를 찢고 주변 삼 장 이내를 초토화시키는 강맹한 위력.

하지만 귀면탈이 지금 상대하는 사람은 다름 아닌 불성. 소림 무공의 정수나 다름없는 사람이다. 공화 존자는 손끝의 물기를 털어내듯 손을 흔들었다. 푸르스름한 불빛과 함께 공화 존자의 몸 주변으로 수백 개나 되는 팔이 뻗어 나가는 듯한 환상이 생겨난다.

관음청강수(觀音靑剛手).

관음보살을 닮은 푸른빛의 수강기가 혈영패력도를 옆으로 밀어냈다. 마치 서로 짜고 움직이기라도 하는 것처럼 부드러움 움직임. 그 모습을 보고 귀면탈의 눈빛이 일변했다.

"카하앗—!'

실패한 공격은 곧바로 거둬들이고 새로운 공격에 한층 더 힘을 가했다.

방금 공화 존자가 한 것처럼 상대의 공격을 부드럽게 받아 넘기기 위해서는 상대보다 한 단계 더 높은 깨달음을 가지고 있어야만 한다.

이제 갓 진마의 경지에 오른 귀면탈과 십여 년 전에도 이미 무림십일존의 위치에 올라 있었던 공화 존자.

같은 진마의 경지라고는 해도 둘 사이엔 무학에 대해 꽤나 큰 깨달음의 차이가 있었던 것이다.

부와아앙—

아래쪽으로부터 비스듬하게 올려쳐진 대도가 둥그런 반원을 그리며 수평으로 휘둘러진다.

상대의 균형을 무너뜨리는 것과 동시에 기습적으로 목을 노리는 한 수.

바람이 찢어지는 듯한 굉음을 들으면 그 공격이 얼마나 강맹한지 충분히 알 수 있다.

하지만 공화 존자는 기습적인 공격에도 당황하지 않았다.

마치 앞으로 일어날 일을 볼 수 있는 또 다른 눈이라도 있는 양 여유롭게 몸을 움직여 치렁치렁하게 늘어진 가사 자락을 옆으로 휘둘렀다.

파라라락—

"큭……!"

귀면탈은 신음을 흘렸다.

얇은 가사 자락이 펄럭이는가 싶더니 대도에 서려 있는 강기를 칭칭 감고 꽉 붙들어 버린 것이다.

반선수(盤禪袖).

소맷자락에 진기를 흘려보내 도검이 부럽지 않을 만큼 강하게 만들어주는 소림의 신공이다. 공화 존자는 소림 무공의 화신이란 칭호에 걸맞게 다양한 소림 절예들을 자유롭게 구사하고 있었다.

"이 늙은이가……!"

강기를 뿜어내며 전개한 그의 무공이 겨우 소맷자락에 맥없이 잡혀 있었다. 분노한 귀면탈은 몸속의 잠력을 터뜨리며 귀기를 뿜어냈다.

일시적인 마기의 폭주.

생강시인 혈신삼호법만이 사용할 수 있는 기술이다.

순간적으로 진기의 힘을 세 배나 강력하게 만들어주는 비기를 사용하자, 반선수에 제압당했던 귀면탈의 대도로부터 강렬한 붉은빛이 폭발하듯 터져 나왔다.

쫘아악―!

날카로운 소리와 함께 반선수의 공력이 깨지고 공화 존자의 소맷자락은 갈가리 찢겨져 그의 앙상한 팔뚝을 다 드러내게 되었다.

상처는 없었으나 공화 존자는 자신의 반선수가 깨진 것이 충격이었는지 놀란 표정이 되었다.

"강환(鋼環)? 과연 이미 사람이 아닌 것을 상대하니 상식이 통하지 않는구려."

강환은 상단전의 힘을 사용해 강기를 한 점으로 압축한 것으로, 강기의 다섯 배 이상의 위력을 가지고 있었다.

하지만 위력이 큰 만큼 강환은 아무나 사용할 수 있는 기술이 아니다. 방금 전의 한 수만으로도 귀면탈은 자신이 얼마나 강한지를 증명한 것과 다름없었다.

"…상식이 통하지 않는 건 그쪽이다. 어떻게 상처를 입지 않았지?"

하지만 충격을 받은 것은 귀면탈 쪽도 마찬가지인 듯 그는 경계를 늦추지 않은 채 으르렁거리듯이 말했다.

공화 존자는 그에 대답하지 않고 가만히 귀면탈을 응시했다. 귀면탈의 뒤에는 언제라도 튀어나올 것처럼 사자탈의 거한과 용안탈의 사내가 눈을 빛내고 있었다.

귀면탈과 같은 힘을 가진 혈신삼호법이 셋.

그리고 그 뒤엔 지옥에서 나온 야차와도 같은 혈강시가 이백 구다.

공화 존자의 눈이 어스름한 하늘을 올려다보았다.

"어째서 교주는 오지 않은 것이오?"

"…혈신께선 다른 할 일이 있으시다."

"혈신이라……."

"소림은 우리로 충분하다고 말씀하셨다."

공화 존자는 손에 든 염주를 굴리며 괴로운 듯 눈을 감았다.

"인연은 끝이 없고, 생은 모두가 집착이며 고통. 하나 아직 어린아이들에겐 고통도 필요할진대, 부처께선 도대체 우리에게 무엇을 말하고 싶으신 것인지……."

공화 존자는 굴리던 염주를 멈추고 옆에서 기다리고 있던 장로 한 사람에게 말했다.

"공우 사제, 방장 사형께 말해주시게. 팔호(八護)와 사대금강(四大金剛), 그리고 공료가 필요하다고."

"……!"

공우 사제라 불린 장로는 경악한 듯 눈을 크게 떴으나 두말하지 않고 몸을 돌려 전력으로 달려갔다.

귀면탈은 아무 말 않고 그 광경을 바라봤다.

"팔대호원(八大護院)에 사대금강, 공료… 는 누군지 모르겠지만 그 정도면 소림의 전력이군. 다행이야. 도망치진 않는건가?"

"소림의 터전을 버리라는 말씀이오?"

"안 그런다면 우린 좋겠지."

귀면탈은 칼을 들지 않은 왼쪽 손을 위로 들어 올렸다. 뒤쪽에 있던 혈강시들과 사이사이에 껴 있는 혈제원의 간부들이 일제히 그의 손을 주목한다.

공화 존자가 강하다?

상관없다.

아무리 강해도 혈신삼호법이 달려든다면 어려움없이 쓰러 뜨릴 수 있다. 그 뒤로는 아무런 문제 없는 탄탄대로. 금강승 수준의 장로 정도는 되어야 혈강시를 일대일로 상대할 수 있 으니 나머지 무승들은 아무리 강해도 이백 구가 넘는 혈강시 를 막아내는 건 불가능해지는 것이다.

"전— 원—!"

길게 이어지는 장소성에 혈강시들의 눈에서 혈광이 짙어 진다.

"공— 격—!"

캬아아아앗—!

기백의 혈강시들이 마치 메뚜기 떼처럼 날뛰며 펄쩍펄쩍 뛰어올랐다. 눈에선 섬뜩한 귀기가 번뜩이고, 휘두르는 양팔 엔 날카로운 경기가 담긴다.

"막아라아앗—!"

"사이한 마귀들을 경내에 들이지 마라! 소림을 지켜야 한 다—!"

와아아아—!

백팔나한과 장로들 또한 혈강시들의 괴성에 지지 않을 만 큼 강한 기합성을 내지르며 달려나왔다. 땅이 쿵쿵 울리도록 진각을 내딛고, 결연한 눈빛으로 선장을 휘둘렀다.

싸움, 싸움, 싸움.

소림의 산문은 피와 굉음으로 뒤덮여 가고 있었다.

*   *   *

"이곳인가."

나직하고 요요(妖妖)로운 목소리가 새벽녘의 공기를 흔들었다.

강소성.

남경이 있는 대도시이자 수백만의 인구가 밀집해 있는 중심지의 이름이다. 거대한 성벽을 가진 남경의 옆에는 시장이 훤히 내려다보이는 언덕이 있다. 태산처럼 높지는 않지만, 보통 사람이 가벼이 오르기엔 꽤나 경사가 가파른 언덕이다.

중심에서 밀려난 백도의 무림인들이 마지막으로 모여든 곳.

결사의 방어진을 구축하고 얼마 남지 않은 여력을 집결해 무시할 수 없는 힘을 쌓은 것이 바로 이 언덕에 있는 정천맹이었다.

주력은 본파를 잃고 퇴각한 화산파.

그리고 구파의 정예들을 모아서 만든 추마대가 있다.

추마대라니.

아무리 들어도 거슬리는 이름이라고 사내는 생각했다.

정천맹의 무사들은 나이가 어리다는 단점이 있지만, 나이가 어린 것치고는 꽤나 괜찮은 실력을 기른 편이다.

하지만 다 고만고만해서 그저 '괜찮은' 정도다.

누군가 사내에게 정천맹에서 무인으로서는 누가 강하냐고 묻는다면 생각나는 것은 딱 한 사람이다.

위태천.

화산일무, 화산신검으로 불리는 화산 무공의 총아.

십여 년 전에는 아직 완성되지 않은 무공으로도 오마의 공격을 막아냈으니 지금은 더욱 강해져 있을 것이 분명했다. 정천맹을 쓰러뜨리려 한다면 반드시 한 번 부딪쳐야 하는 상대다.

사내는 천천히 걸음을 옮겼다.

마치 우마차를 타고 있는 것처럼 느릿느릿한 걸음걸이였으나, 신기하게도 사내의 몸은 얼음 위를 미끄러지듯이 앞으로 쭉쭉 나아갔다.

얼마 지나지 않아 그는 정천맹의 정문에 도착했다.

아직 이른 시간이라 긴장을 풀고 서 있었던 문지기 두 사람이 갑작스런 인기척에 깜짝 놀라 자세를 바로 한다.

그들은 갑자기 나타난 사내를 보며 눈을 동그랗게 뜨고 있었다.

사내의 모습은 특별했다.

번쩍번쩍 빛나는 붉은색 비단 장포를 걸치고 허리까지 올만큼 긴 머리카락은 아무런 손질도 하지 않은 채 여인네처럼 등 뒤로 늘어뜨렸다. 얼굴은 분을 치른 것만큼이나 새하얀 데 반해, 매끈한 입술만큼은 어쩐지 새빨갛게 혈색이 돌아 강렬한 색기를 자아내는 중이었다.

…꿀꺽.

문지기 두 사람은 자신도 모르게 긴장해서 마른침을 삼켰다.

사내는 남녀를 불문하고 빠져들 만큼 아름다웠다. 그가 어떤 표정을 짓는지, 어떤 눈빛을 하고 있는지 알아채지 못할 만큼 인상이 너무나 강렬했다.

"무, 무슨 일로 오셨습니까?"

무슨 일인지는 몰라도 범상한 인물은 아니다.

그런 생각이 문지기 두 사람을 공손하게 인사하도록 만들었다.

"정천맹을 무너뜨리러 왔다."

"…예?"

"하찮은 것이 두 번 말하게 하는군."

번쩍!

문지기의 눈에는 뭐가 어떻게 움직이는지 보이지도 않았다. 그저 숨을 한 번 들이쉬고 나니 옆에서 되물었던 그의 동료가 입으로 피를 울컥 뿜어내며 초점이 사라진 눈으로 털썩 쓰러졌다는 것뿐이다.

"경계령은 울리지 않나? 적이 쳐들어왔다는 비상 연락을
해야 할 텐데?"

"무, 무, 무슨······?"

사내는 마지막 남은 문지기를 스윽 쳐다봤다.

"또 두 번 말하게 하는군."

"······!!"

"됐다. 내가 하지."

'무슨'이라고 되물은 것.

그것이 그 문지기의 마지막 유언이 되고 말았다. 사내가 가
볍게 손을 한 번 휘젓자 마지막 문지기도 입에서 피를 뿜으면
서 쓰러져 죽어버린 것이다.

사내는 천천히 걸음을 옮겨 텅 비어버린 정문 주변을 쭉 둘
러보았다.

그리고 찾았다.

정문 입구 바로 옆에 위쪽으로 쭉 이어지는 굵은 줄이 하나
매달려 있는 것을.

"이건가?"

데엥— 데엥— 데엥—

줄을 당기니 낭랑한 종소리가 사방으로 퍼져 나갔다.

신호를 맞게 보냈는지는 모르겠으나, 사내는 느껴지는 기
척을 통해 정천맹 내부에서 사람들이 바쁘게 움직이기 시작

했다는 것은 충분히 알 수 있었다.

　사내는 웃었다.

　요망하게, 유려하게, 아름답게.

　"자아, 나와 맞으라. 혈신께서 재래하셨다. 감히 맞선다면 모두에게 남는 것은 죽음뿐이리니 어서 모두 함께 나와라. 함께 축제를 즐기자."

　재밌다는 듯이 웃음을 터뜨리는 혈신 무휼.

　강소성 정천맹.

　지금 이 순간, 혈신이 강림했다.

第四十二章
정천(正天)의 위기

마도
협객전

"군사! 큰일 났습니다!"

정천맹의 심처, 백령각이라 이름 붙여진 곳은 삼 년 전이나 지금이나 여전히 소탈한 모습이었다.

고즈넉한 정원, 외따로 떨어져 조용한 공기, 그리고 그 안에서 지내는 몇 안 되는 인물들까지.

"큰일이라고요? 무슨 일이죠?"

맑은 목소리와 함께 백령각의 안쪽에서 한 사람이 걸어나왔다.

양갈래로 묶어 뒤로 늘어뜨린 머리, 이목구비는 인형처럼 오밀조밀했고, 세월이 흘러 젖살이 빠진 얼굴은 갸름한 달걀 같았다. 키도 컸다. 아무리 무공을 익힌 여인이라고 해도 사내보다 크긴 힘든 법인데, 녹색의 경장을 입은 그녀는 웬만한 사내보다 컸다. 육 척에 조금 못 미치는 키인 듯했다.

"정천맹에 비상이 걸렸습니다. 당장 본관에 들어가서서 지휘를 맡아주셔야 합니다."

"본관이라니? 그럼 제갈 군사님은요?"

"현재 정문에서 교전 중이십니다."

"교전이라구요?"

여인은 봉목을 크게 뜨며 놀랐다.

"적은 누구죠?"

"혈신교 교주 혈마 무휼입니다."

"…그리고요?"

"그 한 사람뿐입니다."

"그런……!!"

"하지만 이제껏 본 적이 없을 정도로 강합니다. 총사님께서 오십 수를 버티지 못하고 중상, 현재 추마대 사 개 조 전원과 제갈 총군사님이 나서서 막아내는 중이지만… 솔직히 버겁다고 말씀하셨습니다. 만약을 대비해 백령일지(白翎一智) 진 군사님께서 본관을 맡아서 정보를 취합해 주셔야 합니다."

백령일지 진린린.

과거 백령조의 꼬마 군사였던 소녀는 이제 제갈성이 정천맹의 본관을 맡길 수 있을 만큼 인정받는 군사가 되었다.

진린린의 표정이 가라앉았다. 그녀의 머릿속으로 지금의 상황이 조합되고, 대륙전도(大陸全圖)를 떠올리며 현재 그녀가 해야 할 일들을 떠올렸다.

"방 조장님."

"예, 군사."

"지금 당장 개방의 인편을 통해 사천의 무파들과 소림에 연락을 취해주세요. 비상사태입니다. 우린 이게 구룡성에서 한 일인지 아니면 혈신교에서 벌인 독단인지 알아야만 해요."

"예, 알겠습니다."

방 조장.

이제 개방의 사결제자이며 정천맹 담당의 정보 담당 조장이 된 방일봉은 두말 않고 진린린의 말에 알겠다고 고개를 숙였다.

그는 몸을 돌려 떠나기 전에 한마디를 덧붙였다.

"그리고 정의신검께선 안에 계시지요?"

"네, 있어요. 오라버니, 듣고 계시죠?"

드르륵—

장지문이 열리며 안쪽에서 풍채가 당당한 청년이 걸어나왔다.

넓은 어깨, 탄탄한 근육과 골격은 그가 평소에 수련을 거르지 않는 성실한 무인이라는 것을 알려준다. 왼쪽 엄지와 검지 사이는 발검을 수련하느라 굳은살이 심하게 붙어 있었고, 정교하고 빠른 검술의 수련자답게 그의 오른쪽 손가락은 보통 사람보다 훨씬 길어 보였다.

정직하고 곧은 눈빛은 여전하다.

맑고 청수한 인상에 태산처럼 우뚝 솟은 콧날, 그리고 꽉 다문 입술은 약간의 고집스러움과 함께 그를 믿음직하게 보이도록 만들어주었다. 턱밑에는 거뭇거뭇하게 수염이 나기 시작했으나 아직 눈에 띨 정도는 아니었다.

정의신검 유원.

과거엔 정의검으로 불렸으나 이젠 각지에서의 활약으로 별호에 신(神) 자를 붙인 명실상부한 정천맹의 이름 있는 명사(名師)가 되었다.

총사 위태천이 자신의 제자처럼 무공을 돌봐서 키워내 주었으며, 성실한 단련으로 이젠 총사를 제외하곤 당해낼 자가 없다는 검의 고수다.

그를 상대할 수 있는 건 지금 적매조의 차기 조장이 될 거라고 불리는 참룡검(斬龍劍) 정도일까.

게다가 무공뿐만 아니라 강직하고 곧은 성품으로 주변 사람들의 인망을 얻고 있으며, 맹 내에서도 그를 싫어하는 사람은 없다는 게 주변의 풍문이다.

그 때문에 위태천이 다음 대의 맹주로 정의신검을 밀 거라는 소문까지 돌고 있었다.

"총사께서 위중하시다는 게 정말입니까?"

"예, 그렇습니다."

유원은 침중한 표정이 되었다. 총사 위태천과는 많은 인연
이 있었다.

삼 년 전, 그의 친우인 무진을 쫓아냈을 때는 많은 반목이
있었다.

하지만 어찌 되었든 위태천이 정파의 의기를 지키고 싶어
하는 진정한 무인이라는 것은 변할 수 없는 진실. 결국 계속
해서 위태천은 유원에게 무공을 지도하며 그를 큰 인물로 만
들기에 노력을 아끼지 않았고, 그 때문에 유원은 위태천에게
미운 정 고운 정이 들어 마치 사제 관계 같은 사이가 되고 말
았다.

"그렇다면……."

"안 됩니다."

"안 돼요."

유원이 걱정스레 말을 내뱉으려 하자, 방일봉과 진린린이
동시에 그의 말을 막았다.

"제갈 군사께선 정의신검은 백령일지를 지키고 있으라 하
셨습니다. 만약의 상황이 된다면… 어떤 일이 있어도 두 사람
만은 살아남아 정천맹의 재건을 이뤄달라고 하셨습니다."

"침입한 것은 겨우 한 사람이라고 하지 않으셨습니까. 그

런데 그 정도로… 위험하단 말입니까? 정천맹의 존폐가 위협 당할 정도로?"

"…예."

방일봉은 침중하게 대답했다.

"이해할 수가 없습니다. 지금의 총사는 과거의 오마보다 강해졌습니다. 그런데도 오십초 만에 쓰러지셨단 말입니까?"

"저는 그 자리에 있었습니다. 번천지복(翻天地復)이란 그런 모습을 말하는 것일 테지요. 일격에 하늘이 무너지는데… 혈마 무휼의 무공은 사람의 무공이 아니었습니다. 총사께서 이렇게 말씀하셨습니다. '인간으로서는 도저히 상상도 할 수 없는 무공이다' 라고."

유원은 입을 꾹 다물었다.

인간으로서는 도저히 상상도 할 수 없는 무공.

그는 많이 강해졌지만 총사 위태천이 그 정도로 말할 무공이라는 것은 말 그대로 상상이 되지 않았다.

'보고 싶다.'

확인하고 싶다.

어떤 무공일지, 어떤 위력을 가지고 있을지 두 눈으로 직접 보고 싶다.

그것은 마치 사술에 유혹당한 것처럼 강렬한 매력을 가지고 있었다.

흔들리는 유원의 눈빛.

그런 그를 붙잡아준 것은 옆에서 묵묵히 생각에 잠겨 있던 진린린이었다.

"유 오라버니, 지금은 때가 아니에요."

"…린 매."

"이건 보통 일이 아니에요. 저는 지금 쳐들어온 혈마 무휼이 혼자 왔다고는 생각지 않아요. 만약 그 뒤에 다른 음모가 숨어있다면… 정천맹의 존립을 위해서라도 저는 본관에 가서 지휘편을 잡고 있어야 하죠. 그리고 그 일을 위해서는 오라버니가 반드시 필요해요."

반짝이는 별빛과도 같은 진린린의 눈빛이 유원을 향했다.

유원은 아쉬웠으나 결국 마음을 접고 고개를 끄덕였다. 어릴 적에도 그는 진린린에게 약했다. 하지만 이제 성숙한 여인이 된 백령일지에겐 더더욱 약한 인물이 되고 말았다.

"알겠어. 가자, 린 매."

"네. 그럼 방 조장님, 아까 말씀드린 것, 특급으로 부탁드려요."

"예, 알겠습니다, 군사."

동시에 백령각의 입구를 나선 세 사람은 두 갈래로 갈라져 뛰어갔다.

전력을 다해 신법을 전개하면서 진린린은 씁쓸한 목소리로 중얼거렸다.

"이럴 때 백령조의 조원들이 다 있으면 얼마나 좋을까……."

지난 삼 년간 수도 없이 생각했던 이야기.

만약 그랬다면 이번 싸움의 양상도 달라졌을지 모른다.

유원 또한 그 말에 동의했다.

"화운, 법현, 그리고… 무진. 그 세 사람이 계속해서 백령조에 남아 있었다면 지금쯤 정천맹은 두 배로 커져 있을 거야."

무진이 정천맹을 탈출한 뒤, 벽화운은 자신의 무공을 더욱 갈고닦겠다며 사문으로 돌아갔다. 그리고 얼마 전에는 유원과 진린린에게 인사도 없이 돌아와 적매조에 소속되어 버렸으니 그들과의 인연은 끊긴 것과 마찬가지다.

법현도 마찬가지. 그는 무진만이 목적이었던 것처럼 그가 빠져나가자 미련없이 백령조를 그만두고 사문인 소림으로 돌아갔다.

때문에 백령각엔 이제 유원과 진린린 두 사람만이 남게 되었다.

가끔 진린린의 친오라버니인 진철환이 들르지만, 그 역시도 삼 년 전 혈신교가 악주진가를 치고 약혼녀를 빼앗아간 뒤로 차갑게 변해 버린 터라 쓸쓸함은 사라지지 않았다.

헛된 기대일 테지만, 그래도 두 사람은 아직도 기다리고 있었다.

벽화운이 백령각의 정원에서 수련하고, 법현이 재미있는 농담을 하며, 무진이 그 말을 시큰둥하게 듣고 있는 그런 광경을.

마음속 깊은 곳까지 든든해지는 그런 광경을 두 사람은 계속해서 소망하고 있었다.

"하지만 지금은 어쩔 수 없어요. 우리끼리 이 위기를 헤쳐 나가야 해요. 정신 똑바로 차려주세요, 오라버니."

"그래."

유원과 진린린 두 사람은 결연한 마음으로 본관으로 향했다.

심처에 다가갈수록 지금 정천맹이 얼마나 큰 위기에 빠져 있는지, 얼마나 혼란스러운 상황에 직면해 있는지 더욱더 크게 느껴졌다.

본관에선 연신 비상 사태를 알리는 종소리가 울려 퍼졌고, 정면에 나가 싸울 만큼의 실력이 안 되는 무사들이 갈팡질팡하며 어찌할 바를 모르고 본관 근처를 서성이고 있었던 것이다.

"진 군사님!"

혼란에 빠진 무사들처럼 본관의 입구에서 서성이고 있던 한 사내가 진린린을 보자마자 다급하게 달려왔다.

머리엔 문사건을 쓰고 새하얀 백창의를 입은 남자.

본래 제갈성의 휘하에 있는 천뇌각 소속 군사 중의 한 사람이었다.

"제갈 총군사님의 전언은 들으셨습니까?"

"예, 들었어요. 지금 상황은 어떻죠?"

"전례없는 초고수의 습격으로 추마대원들이 심각한 혼란에 빠져 있는 상황입니다. 다만 혈마 무휼이 재미를 위해 변덕을 부리는 것인지 진심으로 싸우진 않는 듯합니다."

"진심으로 싸우지도 않는데 정천맹은 존폐의 위기라……. 치욕이네요. 그가 특출 난 것일까요, 아니면 우리가 약한 것일까요?"

"……."

문사는 대답하지 못했다.

진린린도 대답은 기대하지 않았기에 곧바로 그녀가 궁금했던 다음 질문으로 넘어갔다.

"다른 적은요? 혈신교에서 증원을 보낼 분위기는 없나요?"

"아직 확실한 정보는 아닙니다만, 방금 맹으로 전해진 급보에 의하면 사천에 있는 맹우들이 모두 급습을 당해 멸문 수준의 피해를 입었다고 합니다."

"사천이 모두……! 설마 아미, 청성, 당문이 동시에 당했나요?"

"예. 그들의 전언에 따르면 적은 모두 혈신교. 십여 년 전 화산혈사를 일으켰던 쌍장동혈강시로 추측되는 강시들이었다고 합니다. 각각 사십 구에서 오십 구가량의 혈강시들이 사천을 습격했습니다."

"각각 사십 구라면… 총합 백 구가 넘는다는 말이군요. 아니, 그 이상일 거예요. 분명. 사천에만 백 구를 투입했다는 것은… 지금까지 혈신교의 행동방식으로 봐선 그 다섯 배 이상의 전력이 숨겨져 있다고 봐야 해요."

문사건을 쓴 사내는 믿을 수 없다는 듯이 크게 놀랐다.

"그럼 혈강시가 오백 구 이상 존재한다는 말씀이십니까?"

"이 일이 혈신교의 독단이라면요. 사천도 혈신교가 공격한 것으로 봐선 그럴 확률이 가장 높겠네요. 만약 그렇다면 혈신교가 구룡성도 적대할 각오를 했다는 것이니… 그 전력은 지금 우리 예상의 두 배. 아마 혈강시는 천 구 가까이 준비되어 있을 거예요."

"혈강시가 처, 천구……!"

"게다가 교주인 혈마가 이런 전례없는 괴물이 되어 있다니… 큰일이네요. 혈신교의 천하가 올지도 모르겠어요."

백령일지라는 이름은 거저 얻은 것이 아니었다.

진린린의 생각은 멀리 멀리 뻗어 나가 허구를 뚫고 그 진리에 다다르고 있었다. 그녀는 혈신교의 야심을 느꼈다. 정천맹을 멸망시키는 정도가 아니라 대륙 전토를 짓밟고 구룡성마저 무너뜨린 뒤 새로운 제국을 건설하려는 거대한 야망이다.

'위험해. 이런 상황에서 정천맹은 어떻게 처신해야 하지?'

고민하는 그녀에게 다급한 목소리가 들려왔다. 조금 전에 들었던 목소리. 백령각에 있던 그녀를 불러낸 익숙한 목소리였다.

"진 군사님! 급보입니다!"

"방 조장님?"

"강소성의 초입, 남경까지 이어지는 대로에 검은색 피풍의를 걸친 수상한 무리가 출현, 양팔이 땅에 닿을 만큼 길고 기묘한 걸음걸이로 걸어가는 그들은 숫자가 일백이라고 합니다!"

"혈강시가 일백……!"

"그들이 향하는 곳은 정천맹이 확실합니다. 대책을 세우셔야 합니다."

방일봉은 진린린이 부탁한 일을 지시하러 갔다가 새로운 정보를 들은 것이 분명했다. 진린린은 심각한 얼굴로 주변의 공기를 읽었다.

'초고수가 맹의 정문을 유린하고 있고, 밑에는 혈강시가 백여 구 정도. 무리야. 이건 막아낼 수 없어.'

진린린의 눈빛이 차갑게 식었다.

혈마 무휼 한 사람에게도 흔들리는 정천맹이다.

여기에 혈강시가 백여 구나 쳐들어온다면 그건 사마귀가 마차를 막아서는 당랑거철이나 다름없을 터.

"현재 추마대의 상황은 어떻죠?"

"사대조장과 참룡검이 나서서 격전 중입니다. 간신히 버티고 있는 모양이고, 사상자도 이미 많이 난 상황인 듯합니다만……."

"그렇군요. 그럼 혈강시들이 정천맹에 도달하는 데는 얼마나 걸리죠?"

"정확하게 추측할 수는 없으나, 거리상으로만 따지면 대력 반 시진 정도 걸릴 겁니다."

"알겠어요. 그럼 추마대를 제외한 정천맹 무사 모두를 본관으로 모아주세요. 우린 퇴로를 확보하고 추마대 대원들을 모두 후퇴시킬 거예요."

"예. 알겠습니다."

방일봉은 고개를 끄덕이며 곧바로 뛰어나갔으나, 옆에서 이야기를 듣고 있던 천뇌각의 군사들은 그렇지 않았다.

그들은 곧바로 이의를 제기했다.

"잠깐, 진 군사. 그럼 정천맹을 버리겠다는 겁니까? 이 장소를 마련하는 데 얼마나 많은 노력이 들어갔는데 이곳을 헌신짝처럼 버릴 수가 있습니까?"

"관군에 연락하면 어떻습니까? 관부에 끈을 대고 계속해서 자금을 지원한 것은 이런 때에 도움을 받기 위해서가 아닙니까?"

"그래요! 그렇습니다! 관군이 올 때까지만 버텨보면 저들도 분명 물러날 겁니다!"

진린린은 손뼉을 짝 소리가 나게 쳐서 시선을 모은 후 냉정하게 말을 끊었다.

"불가. 그건 소용이 없습니다."

"아니, 왜……?!"

"이야기를 끝까지 들으세요! 저들은 이미 사천 땅을 공격했습니다. 사천당문, 아미파, 청성파를 멸문지경에 몰아넣고도 유유히 종적을 감췄죠. 애초에 관군을 두려워했다면 그런 살행을 아무렇지도 않게 할 것 같나요?"

"사, 사천 땅이……?"

"정말입니까?"

진린린은 놀라는 그들에게 고개를 끄덕여 주었다.

"오늘 아침에 일어난 일입니다. 개방의 보고를 들었으니 확실하죠. 저도 맹의 본거지를 이런 식으로 버리고 싶지는 않습니다만… 다른 방법이 없어요. 불성이나 곤륜괴선을 부르지 못하는 이상 저들을 물러나게 할 방도는 없어요. 그렇다면 최대한 전력을 보전해서 총군사님께서 미리 마련해 두신 호남의 지부로 퇴각하는 것이 상책일 거예요."

"하, 하지만 그렇게 되면… 사기에 영향이……."

"여기서 옥쇄하다가 몰살당하는 것과 어떻게든 살아서 호남지부로 가는 것, 어느 쪽이 정천맹의 재건을 위해 옳다고 생각하시나요?"

"……!!"

"그 밖의 다른 의견이 있다면 말해보세요."

진린린은 아직 어린 나이였으나, 군사로서의 기백만큼은 주변 다른 군사들을 압도하고 있었다.

다른 군사들보다 뛰어난 두뇌.

제갈성으로부터 신뢰를 받고 있다는 점.

그리고 그녀의 뒤에 묵묵히 서 있는 유원이 그녀의 든든한 뒷받침이 되어준다는 것까지 모든 면을 종합했을 때, 다른 군사들은 진린린의 의견을 받아들일 수밖에 없었다.

"진 군사의 말이 맞습니다."

"훗날을 도모해야겠지요. 권토중래입니다."

"당장 정천맹의 무사들을 모으겠습니다. 탈출로는 정했습니까?"

"네. 뒤쪽 소로를 통해서 남경의 대시로 나가면 분명 길이……."

진린린과 군사들은 바쁘게 움직이기 시작했다.

짧은 시간 퇴로를 만들고 가장 안전한 방법을 찾아간다. 군사들의 역할이 중요한 시점이었다.

* * *

한편 정천맹의 정문에서 별로 떨어지지 않은 공터.

연무를 위해 튼튼한 백석을 깔아놓은 공터는 지금 쓰러진 추마대원들의 피로 붉게 물들어 있었다.

콰장창—!

콰과과광—!

"으아악―!"

붉은빛이 번쩍이고, 이내 우레와 같은 굉음과 함께 추마대
원 두 사람의 육체가 산산이 부서져 사방으로 터져 나갔다.

돌멩이에 얻어맞은 개구리도 이것보단 멀쩡하지 않을까
싶을 만큼 처참한 광경이다.

혈마 무휼.

스스로를 혈신이라 칭한 그는 화산제일검 위태천을 오십
수만에 꺾고, 나머지 사대조장의 합공을 불과 열 수 안에 물
리쳐 버렸다.

그 뒤론 계속 일방적인 싸움이었다.

적매, 녹난, 황국, 청죽.

각각의 조원들이 수련한 진법을 펼치고, 가만히 지켜보던
혈신은 그것에 대한 파훼법과 경천동지할 위력의 무공을 하
나씩 보여준다.

그 대가로 추마대원들의 목숨은 하나씩 하나씩 줄어가고
있었다.

그에게 해를 끼칠 일말의 가능성이나마 있었던 위태천이
없어진 이상, 주위의 다른 무인들은 개미나 마찬가지.

길가의 개미와 싸우는 것을 전투라고 부르진 않는다. 무휼
에게 있어서 지금의 싸움은 그저 하나의 여흥일 뿐이다.

지금도 무휼의 손이 한 번 휘둘러진 순간, 칼을 들고 달려
들던 녹난조의 무인 하나가 거대한 망치에 얻어맞은 것처럼

제자리에 푸욱 다리가 박혀 버리고 말았다.

단단한 돌바닥에 사람의 다리가 파고든 거다. 당연히 그 무인의 몸이 무사할 리가 없었다.

"끄아아악……!"

처절한 비명과 함께 무인의 몸이 축 늘어졌다. 주변에서 바쁘게 움직이는 추마대원들의 얼굴에 공포심이 어린다.

손짓 한 번에 한 사람씩.

이렇게 죽은 것이 벌써 몇 명째인지 셀 수도 없다.

격이 다르다.

이건 무공이 아니라며 항의하고 싶은 심정이었다.

애초에 사대조장이 힘을 합해도 십초지적이 안 되고, 무신이나 다름없는 위태천도 손을 댈 수 없는 상대.

이대로는 도저히 안 된다는 절망감이 추마대원들의 가슴속을 파고들고 있었다.

"정신 차려라!"

하지만 그런 추마대원들의 행동을 채찍질하는 목소리가 있었다.

"청죽조! 좀 더 안쪽으로 파고든다! 황국조! 뒤쪽을 막아! 적매! 전면이 비었다! 서로 간의 간극을 좁혀! 팔문진(八門陣)을 사용해라!"

카랑카랑하면서 믿음을 주는 목소리.

추마대원들의 후방에서 깃발을 흔들면서 명령을 내리는

것은 이곳 정천맹의 총군사인 제갈성이다. 그는 옆에서 피투
성이가 된 채 운기조식을 하고 있는 위태천을 한 번 흘깃 쳐
다본 뒤 쉬지 않고 깃발을 흔들어 명령을 내렸다.

콰아앙―!

"끄아악……!"

하지만 아무리 제갈성이 촘촘한 포위망을 만들고 효과적
인 공격법을 지시해도 괴물 같은 혈마는 몸에 생채기하나 나
지 않고 연신 추마대를 몰아붙였다.

이러다간 지쳐서 쓰러지는 자가 나올 판국이다.

"제길, 이런 괴물 같은……."

제갈성은 쓴 소리를 내뱉으며 혈마 무휼을 바라보았다.

사방으로 흩날리는 머리카락.

요괴가 아닐까 싶을 정도로 아름다운 얼굴.

비단 장포 아래 맨발로 서 있는 그는 땅에서 한 치가량 공
중에 떠 있었고, 온몸에선 아지랑이처럼 핏빛 혈강기를 뿜어
내고 있었다.

숨을 쉬듯이 자연스럽게 온몸으로 혈강기를 내뿜는 자다.

얼마나 공포스러운가?

제갈성은 자신의 가슴팍 부근을 더듬었다. 단단하고 묵직
한 것이 손에 잡힌다. 순간적으로 이걸 써야 하나? 하는 생각
이 들었으나, 그는 그것을 최후의 순간으로 남겨두고 다음을
기약했다.

그러자 옆에서 재밌다는 듯 웃음기가 담긴 목소리가 들려
왔다.

"자네가 욕을 하는 것은 오랜만에 보는군."

제갈성을 고개를 휙 돌렸다.

방금 전까지만 해도 눈을 감고 운기조식 중이던 총사 위태
천.

그는 어느새 다시 눈을 뜨고 호탕한 웃음을 짓고 있었다.

"예전엔 욕도 많이 했었지요."

"하하! 맞아. 그땐 그랬지. 젊었을 땐 자네는 성질도 꽤 급
하고 불평불만이 많았어. 아마 머리가 좋아서 그랬겠지? 주
변 사람들이 하는 일이 한심하게 보였을 테니까 말이야."

"…그리운 이야기군요. 뭐, 그땐 정천맹이 하북에 있던 시
절이니 불평불만을 내뱉을 '거리'도 많았지요."

제갈성과 위태천은 혈마와 추마대원들의 피 튀기는 전투
를 지켜보며 한가롭게 대화를 나눴다. 두 사람의 시선이 아득
한 예전의 기억을 향했다.

"꽤나 다사다난한 인생이었어. 그렇지 않나?"

"그랬지요."

"그 마지막은 어떻게 만드는 게 좋을까? 전무후무한 최강
의 마인을 상대로 큰 상처를 입히고 젊은 청년들의 목숨을 살
린 채 장렬히 산화하다. 어때? 괜찮은가?"

"……"

제갈성은 입을 꾹 다물고 위태천의 모습을 자세히 살펴보았다.

입고 있던 옷은 걸레나 다름없는 누더기로 변해 있고, 대각선으로 가로지르는 가슴의 상처는 꽤나 심하지만 다행히 흐르던 피는 멎어 있다.

화산제일검의 칭호를 얻은 뒤로 처음 보이는 험악한 몰골.

하지만 지금 그의 눈빛만큼은 그 어느 때보다도 맑았다.

"위 형……."

제갈성은 목이 메는 것을 느꼈다.

"큰 상처… 자신있으십니까?"

"아아, 절정을 넘어선 뒤로 요새 벽에 부딪쳐 있었지. 그런데 재밌게도 방금 전의 싸움에서 뭔가 실마리를 잡았단 말이야? 잠시 운기조식을 해보니까 확실해졌어. '상처 하나쯤은 남기고 죽을 수 있겠다' 라고 말이야."

"…하지만 위 형은 정천맹의 기둥입니다."

제갈성의 침중한 목소리에 위태천은 웃음기 가득한 목소리로 답했다.

"기둥이란 건 다시 세우면 되는 거야. 중요한 건 우리가 의기(義氣)를 보여주는 것이지."

"그 아이들은 아직 많이 모자랍니다."

"하하, 그러는 자네도 그 예쁜 아이에게 본관을 맡겨놓고 이렇게 전선에 직접 나와 있지 않은가?"

"……!!"

"물러날 때를 모르는 것만큼 추한 것도 없어."

위태천의 만면에 가득한 웃음은 제갈성의 말문을 막아버렸다.

"……."

"……."

침묵이 흐른다. 옆에서 다급한 목소리가 들려오지만 않았다면 두 사람은 그렇게 계속 입을 꾹 다물고 있었을지도 모를 일이다.

"총군사님!"

"방 조장?"

"진 군사님으로부터의 전언입니다. 현재 추마대를 제외한 정천맹의 모든 인원이 후로를 통해 퇴각 완료. 가능한 한 전력을 보전하며 '지부'가 있는 곳으로 후퇴해 달라는 부탁이 있었습니다."

"…허허, 허허허!"

제갈성은 방일봉의 보고를 듣고 잠시 멍하니 있다가 큰 소리로 웃음을 터뜨리고 말았다.

"저기, 총군사님……?"

"허허허허! 허허허허허!"

제갈성은 배를 잡고 웃었다. 방일봉은 멍한 얼굴로 제갈성의 흐트러진 모습을 지켜봤다.

"후로를 통해 '지부'로 퇴각이라……. 지부에 대한 건 딱 한 번만 언급했던 것으로 아는데, 그걸 곧바로 쓰는 건가. 과연 그랬던 거였어."

제갈성은 아직 웃음기가 가시지 않은 얼굴로 위태천을 바라봤다.

그는 뭔가 커다란 짐이 사라진 듯 개운해 보였다.

"위 형의 말이 맞았습니다. 어느새 저도 늙었군요. 제가 없으면 안 된다는… 그런 오만함을 갖고 살았던 모양입니다. 아니, 스스로 속이고 있었던 것일까요."

위태천은 씩 웃었다.

"하하, 이제라도 알았다면 된 거다. 어때? 나머지는 후배에게 맡겨도 괜찮겠지?"

"괜찮을 듯합니다."

"좋아, 그럼 슬슬 가볼까. 젊은 생명들이 아깝게 사라지기 전에 어서 막아야지."

위태천은 제자리에서 일어나 바지에 묻은 먼지를 툭툭 털어냈다. 그리고 미련없이 성큼성큼 걸어가려는 것을 제갈성이 말렸다.

"잠깐, 위 형. 그렇게 무턱대고 가시면 안 됩니다."

"음? 그런가?"

"모든 일에는 순서가 있는 법입니다."

제갈성은 목에 걸고 있던 호각을 꺼내 힘차게 불었다.

삐이이익—!

길게 이어지는 호각 소리.

그와 동시에 제갈성이 들고 있던 백색 깃발을 좌우로 한 번 흔들자, 필사적으로 혈마의 시선을 끌고 있던 추마대원들이 일제히 시선을 돌렸다.

"자, 방 조장, 이걸 받게."

제갈성은 추마대원들의 시선이 모두 그에게 향했을 때, 깃발을 방일봉에게 넘겨주었다.

"총군사님……?"

"자네가 추마대의 길 안내를 해주는 걸세. 그걸 가지고 곧 바로 진 군사가 말한 방향으로 후퇴하게. 그럼 되는 거야."

방일봉의 눈빛이 순식간에 몇 번이나 변했다.

"어째서 총군사님께서 직접 안 하시고……. 잠깐, 설마… 총군사님……?"

"……."

"그러시면 안……."

방일봉은 바로 목구멍에 걸려 있는 말을 차마 내뱉지 못했다. 그를 마주하는 제갈성의 얼굴은 너무나 결연하고 차분하게 가라앉아 있었다.

'각오를 굳힌 얼굴.'

여기서 더 말을 하는 것은 쓸데없는 사족에 불과하다.

"…감사합니다."

많은 것이 함축되어 있는 그 말에 제갈성은 묵묵히 고개를 끄덕일 뿐이었다.

방일봉은 깊이 고개를 숙이며 정천맹의 거인 두 사람에게 포권으로 예를 표했다.

진정한 의기를 보여주어서 감사하고, 스스로를 희생하면서까지 젊은 생명을 지켜주어서 감사하다.

방일봉은 떨리는 목소리로 말했다.

"정천맹은… 절대로… 사라지지 않을 것입니다."

위태천은 그 말에 흡족해했다.

"그래, 그 말이면 충분하네."

"…그럼."

방일봉은 이를 악물고 몸을 돌렸다.

이미 제갈성으로부터 신호를 받은 추마대는 잠시 머뭇거렸으나, 이내 두말 않고 방일봉을 따라 움직였다.

개방의 취팔선보(醉八仙步)를 전력으로 전개해 뛰어가는 방일봉.

그리고 추마대원들 역시 각자 자신있는 신법을 전개해 방일봉의 뒤를 따랐다. 다행히도 혈마 무휼은 언제든 따라잡을 수 있다고 생각하기 때문인지 멀어지는 추마대를 쫓아가지 않았다.

"자! 그럼 내 차례인가?"

위태천은 제갈성을 한 번 쳐다본 뒤 제자리에서 그를 기다리고 있는 혈마 무휼을 향해 터벅터벅 걸어갔다.

한 걸음, 한 걸음.

그가 발을 내디딜수록 마치 봉인이 풀리듯 그의 몸에서 엄청난 기세가 뿜어져 나왔다.

화산제일검.

정천맹의 총사.

그게 바로 위태천이다.

스르릉—

위태천은 허리춤에서 고아한 매화 문양이 새겨진 청강장 검을 뽑아 들었다.

몸을 비스듬하게 틀고 왼발을 앞으로 내딛는다.

검을 잡은 손은 신체의 정중앙에, 검첨은 상대의 목을 겨누고 상, 중, 하단의 진기를 하나로 통일시킨다.

'이번엔 공격할 수 있다.'

위태천은 차분하게 가라앉은 시선으로 무휼을 노려보았다.

공중에 한 치 정도 떠 있는 상대.

온몸에 혈강기를 두르고 있는 상식 밖의 존재이지만, 처음의 싸움으로 깨달음을 얻은 위태천은 이번에는 공격을 성공할 수 있다고 확신했다.

'최선을 다해 내 모든 힘을 끄집어낸다. 이길 수 있다. 혈강기를 뚫고 공격을 성공할 수 있다. 믿는 거다. 나 자신을 믿

는 거다.'

위태천은 온 힘을 다해 마음을 다스리며 검끝에 정신을 집중했다.

위태천의 몸이 바람에 흔들리는 촛불처럼 흔들거린다 싶은 순간, 어느새 흐릿해진 잔상과 함께 위태천의 몸은 제자리에서 사라져 있었다.

휘익—

"하압—!"

강직한 기합성.

움직임이 신묘하기로는 무림에서도 수위를 다툰다는 환환미종보(幻環迷踪步)가 완벽한 경지로 펼쳐졌다.

허깨비처럼 사라져 버린 위태천이 나타난 곳은 무휼의 머리 위.

공중에서 세 번이나 몸을 뒤집으며 탄력을 얻은 위태천은 그 회전력을 담아 무휼의 머리 위를 내려쳤다.

까아아아앙—!

'상청검(上淸劍).'

머리 위의 푸른 하늘을 가르는 듯한 깔끔한 검격.

비록 무휼의 왼쪽 손바닥에 막히긴 했지만, 속도나 위력 면에서 흠잡을 것이 없는 완벽한 일격이었다.

검이 튕겨 나오는 힘에 순응한 위태천은 그대로 몸을 옆으로 한 바퀴 돌리며 마치 노를 젓듯 발을 몇 번 휘저었다.

구름을 밟고 바람을 타는 듯한 움직임.

부운약표(浮雲躍飄). 화산의 자랑스러운 신법 중의 하나다.

공중에 두둥실 몸을 띄운 위태천은 손에 들린 검을 천천히
앞으로 찔렀다.

후우우욱—

공기가 밀려난다. 강렬한 압력과 함께 타는 듯한 냄새가 피
어오른다.

천천히 찌르는 것처럼 보이지만, 사실 위태천은 여섯 번이
나 검을 찌른 상태였다.

도저히 피할 수 없도록 완벽한 방위로 뻗어 나간 찌르기.

'육합검(六合劍).'

파바바바박—!

이번에도 역시 무휼은 아무렇지 않게 위태천의 공격을 피
해냈다.

엄청난 속도로 전개된 찌르기는 무휼 주변의 애꿎은 땅만
움푹 파놓았을 뿐이다.

"하압—!"

공격이 연이어 실패했음에도 위태천의 얼굴에서 실패에
대한 씁쓸함을 조금도 보이지 않았다.

마치 당연히 이럴 거라 예상했던 것처럼 오히려 담담한 표
정이다.

"아까보다 실망스럽군."

혈마 무휼은 재미없었다는 듯이 혀를 차며 가볍게 오른손을 들어 올렸다.

순식간에 뭉쳐지는 거대한 힘.

실망한 혈신의 힘이 마치 커다란 망치처럼 공중에 떠 있는 위태천을 내리찍었다.

콰앙—!

단단한 백석 바닥에 커다란 손자국이 남았으나, 이미 위태천은 그곳에 없었다.

공격이 막힐 거라고 생각하고 있던 위태천은 곧바로 다음 공격으로 넘어간 것이다.

"호오?"

아까와는 뭔가 다르다고 느꼈는지 무휼의 눈빛에 호기심이 담겼다. 무휼은 곧바로 빙글 몸을 돌렸다. 위태천은 그의 등 뒤에 있었다. 무휼이 공격했던 방향과는 정반대의 방향. 검을 머리 위로 높이 세우고, 세류표(細柳飄)의 보법을 밟으며 정면에 커다란 을(乙) 자를 그렸다.

'태을검(太乙劍)!'

사아악—

"……!"

무휼은 미끄러지듯이 뒤로 한 걸음을 물러났다.

겉보기엔 느릿느릿한 만검(慢劍)이지만, 검끝이 놀랄 만큼 날카롭고 빨라서 하마터면 목이 베일 뻔했다.

위태천은 혈마가 물러서는 모습을 보며 회심의 미소를 지었다.

지금껏 단 한 걸음도 움직이지 않았던 혈마 무휼이 드디어 뒤로 물러섰다. 짧은 순간, 위태천이 강해졌다는 증거나 다름없었다.

"너에게 감사하는 부분이 있다."

"무슨 말이지?"

"정체되었던 내 무공에 돌파구를 열어주었지. 네가 사용하는 무공. 상단전의 힘을 통해 대기 중에 네가 원하는 '힘'을 만들어내는 방식일 테지?"

무휼은 대답하지 않았으나, 위태천은 그게 긍정의 뜻이라는 것을 알고 있었다.

"상청(上清), 육합(六合), 태을(太乙)."

"음?"

"지금껏 사용한 무공은 모두 자연을 나 자신과 공명시키기 위한 밑바탕."

<u>스으으으─</u>

천천히 위태천의 검이 자그마한 원을 그리기 시작했다. 처음엔 어린아이의 주먹만 한 원으로부터, 나중엔 위태천의 온몸을 가릴 수도 있을 만큼 커다란 원까지 그려낸다.

아홉 번의 움직임.

그리고 아홉 개의 원이 허공에 그려졌다.

처음으로 무휼의 얼굴에 다급한 기색이 어렸다. 휙 하고 공중으로 떠오르려던 무휼의 몸이 뭔가에 짓눌린 것처럼 다시 제자리로 돌아온다. 전, 후, 좌, 우, 육방(六方)에 머리 위와 땅 밑까지.

혈마 무휼에게 그가 서 있는 한 뼘짜리 공간을 제외하곤 움직일 곳이 없었다.

"아홉 개의 매화."

위태천의 검이 한순간 반전한다.

"구궁(九宮)."

화아악―

무휼의 주변을 막고 있던 아홉 개의 원이 아름다운 매화 송이로 변했다.

화산의 상징.

흐드러지게 피어 있는 매화의 아득한 향기가 자욱하게 피어난다. 갑작스레 사방에서 나타난 백색 매화 속에 무휼은 갇혀 있었다.

위태천은 검날을 뒤집었다.

한 폭의 산수화에 마지막 낙인을 찍듯, 화룡점정을 위해 하늘을 향해 그의 장검을 힘차게 밀어 올렸다.

"반천(反天)."

쩌어어엉―!

마치 그런 소리가 들려온 것 같았다.

실제론 아무런 소리도 들리지 않았으나, 사방을 둘러싸고 있던 매화들이 반으로 쩍 갈라지는 순간 그렇게 느껴졌던 것이다.

뭔가가 갈라진다.

베어진다.

찢겨진다.

크기를 가늠할 수 없는 거대한 검이 땅으로부터 솟아올라 하늘을 갈랐다.

푸화아아악—!

무휼의 몸이 흔들렸다.

그의 몸을 감싸고 있던 아지랑이 같은 혈강기도 흔들렸고, 긴 검은색 머리와 피를 연상케 하는 붉은색 장포도 흔들렸다.

그 흔들림은 단순한 착시현상이 아니다. 실제로 무휼의 가슴은 수직으로 쩍 갈라져서 뼈를 드러내고 있었다.

비단 장포는 허리띠가 끊어져서 바닥에 축 늘어졌고, 그의 몸을 감싸고 있던 혈강기도 꺼진 촛불처럼 사라져 버렸다.

"드디어 성공했군."

침묵, 웃음.

위태천은 만족스러운 얼굴로 자신의 검을 검집에 집어넣었다. 그리고 몸을 돌려 제갈성과 그의 옆에 서 있는 한 사내를 바라봤다.

"명휘, 보았느냐?"

"대사숙……!"

"보았느냐고 물었다."

참호검 양명휘.

화산에서 위태천 다음가는 고수라고 알려져 있고, 추마대의 부대주를 맡고 있는 사내다. 아직 얼굴에 코가 부러졌던 흉터가 선명히 남아 있는 그는 무휼의 가슴이 갈라진 모습을 보고 흥분을 감추지 못했다.

추마대 전원이 방일봉을 따라 후퇴했을 때, 양명휘만큼은 위태천과 제갈성이 있는 이곳에 남았다.

그는 제갈성이 방일봉에게 깃발을 넘겨주는 순간, 정천맹의 거인 두 사람이 죽음을 각오했음을 바로 알아차렸던 것이다.

그래서 마지막까지 그들을 지켜주기 위해 했던 행동이었건만, 오히려 위태천이 혈마를 베어버린 장면을 보게 될 줄이야.

"보았습니다. 두 눈으로 똑똑히 보았습니다."

"상청, 육합, 태을, 그리고 구궁반천이다. 난 이것을 구궁반천검(九宮反天劍)이라고 이름 지었다."

"대사숙께서 직접 만든 무공……!"

"내기의 근간은 자하신공. 배분은 상칠(上七), 중일(中一), 하이(下二)다. 그 이상도 가르쳐 주고 싶지만… 시간이 없구나."

"예?"

양명휘는 의아한 얼굴이 되었다.

시간이 없다니, 어째서 그런 말을 하는 것인가?

순간 당황하며 위태천을 살펴보았으나, 위태천의 안색은 편안하고 생기가 넘쳤다.

'어째서……?'

왠지 모를 불안감을 느끼며 양명휘는 우연히 바닥을 바라보았고, 붉은 빛 핏물이 가득 고여 있는 것을 발견했다.

"사, 사숙……!"

위태천은 그에 대답하지 않고 다시 혈마 무휼에게로 몸을 돌렸다.

위태천의 등 뒤는 어느새 피로 새빨갛게 물들어 있었다.

사선으로 십자(十字)를 그리는 상처.

등 전체를 가로지를 만큼 커다란 크기다. 그만한 상처라면 척추가 상했을 것이 분명할 텐데, 그럼에도 위태천은 아픈 내색 하나 하지 않았다.

"대사숙……!"

당황하여 그를 붙잡으려던 양명휘를 제갈성이 붙잡았다. 양명휘가 뒤를 돌아보자, 제갈성은 단호한 얼굴로 고개를 젓고 있었다.

"자네는 그만 가게."

"총군사님……!"

"방금 위 형은 자네에게 자신의 무공을 남겨준 걸세. 그걸 헛되게 할 셈인가?"

양명휘의 표정이 참혹하게 일그러졌다.

"그럼 혈마는……."

"살아 있네. 일격에 죽을 것 같았으면 정천맹이 퇴각을 하는 일도 없었을 테지."

양명휘는 무휼의 가슴에 난 상처가 서서히 아물어가는 것을 보며 그 말을 믿을 수밖에 없었다.

정말로 믿기 힘들지만,

무휼은 웬만해선 절대로 죽지 않는 불사신인 듯했다.

"만약 대사숙과 제가 협공을 한다면……."

"불가. 자네는 저 마귀가 언제 위 형의 등에 상처를 냈는지 볼 수 있었나?"

"……!!"

"그러니 소용없는 짓이야. 지금 당장 몸을 돌려서 후학을 위해 위 형의 무공을 전승하는 것이 자네가 지금 해야 할 일이네. 그리고 자네는 키워야 할 화산제일검이 있지 않은가."

양명휘는 피가 나도록 주먹을 움켜쥐고 침통하게 고개를 숙였다.

이들을 위해서라면 당장에라도 그의 목숨 따위 버릴 수 있으나, 제갈성의 말대로 그에게는 아직 이끌어주어야 하는 사제가 있었다.

'화운.'

섬서의 본파를 잃어버린 비운의 화산파를 다시 중흥시킬 중요한 인재.

차기 화산제일검을 만들어야만 화산의 재건은 가능해진다.

"총… 군사님은……."

"나야 위 형과 함께해야지. 나도 믿을 만한 군사가 있기에 아쉬울 것은 없네."

"……."

"가능하다면 혈마를 이 자리에서 묻어버릴 것이야. 그러니 자네는 지금 당장 추마대를 따라가게."

양명휘는 휙 몸을 돌려 위태천의 등을 향해 깊이 포권을 취했다. 그리고 제갈성에게도 포권을 취한 뒤 쏜살같이 멀어졌다. 뒤는 돌아보지 않았다.

"자, 그럼 된 거겠지."

제갈성은 허리춤에 있는 그의 장검을 뽑아 들려고 하다가, 이내 다시 집어넣고 품속으로 손을 집어넣었다.

'어설픈 무공보단 이게 낫겠지.'

그의 손에 들린 것은 거무튀튀하고 묵직한 철환(鐵丸)이다. 제갈성은 위태천과 무휼이 서로를 노려보고 있는 사이, 연무장 주변을 돌아다니며 숨겨져 있는 몇 개의 장치를 작동시켰다.

처음 정천맹을 세울 때부터 준비해 두었던 기관장치다.

이름 하여 폭렬화진관(暴熱火陣關).

최후의 순간에 정천맹 전체를 잿더미로 만들 수 있는 기관이었는데, 그 기폭 장치가 있는 곳이 바로 지금 그들이 전투를 벌이고 있는 연무장이었다.

애초에 싸움이 벌어질 가능성이 가장 높은 곳에 만들어둔 기관.

제갈성이 혈마를 연무장으로 유인해서 싸운 것도 최후의 한 수를 남겨놓기 위해서였다.

'이제 남은 것은 위 형이 혈마를 붙잡아줄 수 있느냐는 것이다.'

제갈성은 온몸을 긴장시킨 채 때를 기다렸다.

기관을 발동시키는 것도 무공으로 겨루는 싸움만큼이나 치열한 법이다. 혈마 같은 초고수는 숨을 한 번 내쉴 틈만 있어도 십 장 거리를 이동할 수 있는 법.

기관장치가 최대의 위력을 내기 위해서는 혈마가 서 있는 위치, 그리고 긴장이 풀리는 가장 절묘한 시점을 잘 파악해야만 한다.

위태천 역시 그 사실을 잘 알고 있었다.

그는 척추에 당한 치명적인 상처에서 치미는 고통을 인내한 채 다시 검을 빼 들고 마지막 일격을 준비했다.

'이미 힘은 다 소진했지만……'

깨달음을 얻었으나, 그 심득을 다 얻기엔 시간이 너무 부족했다.

조금 전 구궁반천검이 마지막.

이런 상태에서 혈마에게 공격을 가하는 것은 도박이나 다름없으나, 그래도 해야만 하는 일이다. 위태천은 육체가 점점 회복되어 이젠 상처가 사라져 버린 혈마를 보며 두근거리는 마음을 다스렸다.

"놀랐다. 혈신이 되고 나서도 다치는 일이 생길 줄은……. 이름이 무엇이지?"

무휼은 오만한 목소리로 물었다.

"위태천이다."

"위태천. 들은 적이 있다. 당대의 화산제일검이 위태천이라던데, 맞나?"

"그래."

"알겠다. 기억해 두겠다."

"기억할 필요 없다."

"어째서 그렇지?"

"오늘 너와 나는 함께 갈 테니까."

순간 번쩍이는 섬광이 공간을 가로지른다.

군더더기 없는 위태천의 발검.

하지만 무휼은 마치 얼음 위를 미끄러지듯이 매끄러운 움직임으로 발검술을 가볍게 피해냈다.

"함께 간다? 그 몸으로 말인가?"

"하아압—!"

위태천은 대답 대신 기합성을 내지르며 정면으로 달려들었다.

직선으로 꿰뚫는 찌르기.

초식이라기보단 그저 빠르고 강하게 내찌른 검격은 무휼이 들어 올린 손에 가볍게 잡혀 버렸다.

"뭐하자는 것이지?"

무휼은 되레 불쾌하다는 듯 아미를 살짝 찌푸렸다. 창백하고 아름다운 얼굴에 불쾌감이 스민다.

"이런 발버둥은 치지 않는 것이 나을 듯하다만."

"내 스스로 이런 비유를 하게 될 줄을 몰랐지만, 쥐도 궁지에 물리면 고양이를 문다지?"

"……?"

"고양이가 물리는 것은 방심했기 때문이다."

위태천은 씩 웃었다.

무휼은 그의 검을 손가락 두 개로 붙잡고 있었다.

기회.

자신을 혈신으로 부르는 자의 오만이 만들어낸 천재일우의 기회였다.

"하아아압—!"

위태천은 순간적으로 기력을 끌어 모았다.

상단전, 중단전, 하단전.

심지어 생명을 유지시키는 원정지기까지 모조리 끌어 모아 전력을 다한 검강을 뿜어냈다.

파아아앙—!

"……?!"

조금 놀라긴 했으나, 이내 자신의 혈강기로 위태천의 검강을 짓누르는 무휼.

무휼의 눈에 의아함이 떠올랐다.

"이건……?"

"자, 걸렸다. 혈마 넌 지금 쥐에게 물린 거다."

위태천은 창백한 얼굴로 호쾌하게 웃었다.

무휼은 방금 전의 기습에 깜짝 놀라서 자신의 몸에 두르고 있던 혈강기를 모두 방어에 써버렸다.

심지어 지금 무휼의 발은 땅에 닿아 있는 상황.

쉽게 말해서 지금 무휼의 몸을 지키는 호신강기는 사라졌다는 뜻이다.

'성, 지금이다.'

위태천은 제갈성에게 눈빛을 보냈다.

정천맹 최고의 두뇌 천기수사 제갈성.

그는 이미 연무장 중심의 기폭 장치에 자신이 가지고 있던 벽력탄을 폭파시키는 중이었다.

서로의 눈빛이 마주치고, 누가 먼저랄 것 없이 얼굴에 생에 최고의 미소를 지었다.

"바른 하늘[正天]을 위하여!"

위태천이 호연지기로 가득한 외침을 토해낸다.

그와 동시에,

콰과과과과과광―!!

연무장을 중심으로 거대한 폭발이 터져 나갔다.

폭발은 연쇄적으로 그 범위를 넓혀, 정천맹의 성벽 안쪽을 무차별적으로 터뜨리며 불꽃을 뿜어 올렸다.

쿠구구구궁―!! 하늘이 무너지는 듯한 굉음.

충천(衝天)하는 화광(火光).

무휼, 위태천, 제갈성 세 사람은 순식간에 그 화광에 삼켜져 보이지 않게 되었다.

먼지가 뿌옇게 피어올랐다.

하룻밤을 꼬박 새우도록 타오른 불길 속에서 사람의 인기척은 찾아볼 수 없었다.

*   *   *

키아아앗―!

"으아아―!"

건장한 육체를 지닌 무승이 목곤을 휘두르며 막아섰으나, 애초에 절정고수 대여섯 명이 와야 상대할 수 있는 혈강시를 그 혼자 막는 것은 불가능한 일이었다.

쉭— 하고 뭔가가 번뜩이는 순간, 무승이 들고 있던 목곤이 종이처럼 잘려 나갔다.

그리고 다시 한 번 번뜩!

무승은 비루한 당나귀처럼 땅을 한 바퀴 굴렀으나, 그 덕분에 목숨을 건질 수 있었다.

"후우, 후우……."

키이익? 키이익?

혈강시는 그가 살아남은 것이 의외였는지, 제자리에 멈춰선 채 고개를 모로 기울이고 기성을 내뱉고 있었다.

무승은 마른침을 꿀꺽 삼켰다. 귀기 어린 눈동자를 보니 당장에라도 등을 돌리고 도망치고 싶어졌지만, 그는 등 뒤에서 오들오들 떨고 있는 수십 명의 사미승을 떠올리자 도저히 도망칠 수가 없었다.

아직 십대 초반도 되지 않은 어린아이들이다.

한 사람의 불제자로서 앞으로 창창한 나날이 남아 있는 소림의 동량들을 이대로 내버릴 수는 없었다.

'하지만… 어떻게……?'

무승은 암담한 심정으로 주변을 살펴보았다.

소림사 이곳저곳에서 화광과 비명 소리가 들려오고 있었다.

그나마 사미승들이 모여 있는 이곳은 혈강시가 단 한 구만 들어왔으니 다행인 편이다.

무승들이 포진해 있는 소림사의 대웅보전 쪽은 수십 구가 넘는 혈강시가 몰려들어 지금 전쟁터나 다름없는 참상이 펼쳐지고 있는 중이었다.

피 웅덩이.

참혹한 시체.

살육의 현장.

그 어떤 것도 이곳 소림에서 보게 될 거라곤 상상조차 못했던 것들이다. 무승은 지금 자신이 악몽을 꾸는 것은 아닌지 다시 한 번 자문해 보았다.

'안 돼. 이대론 살아남을 수 없어.'

아무리 좋게 해석하려 해봐도 상황은 절망적이었다.

애초에 그는 무공에 재능이 없어서 사미승들을 돌보는 일을 도맡았다. 절정은커녕 일류에도 들까 말까 한 실력인 만큼 혈강시를 쓰러뜨리는 것은 아무리 생각해도 불가능했다.

'도와줄 사람은 없어. 소림사의 존폐가 걸린 일이다.'

무승은 빠르게 결단을 내렸다. 사미승들을 돌보는 세 사람의 승려 중에 두 사람은 이미 죽은 상황이다.

뒤에 있는 아이들을 책임질 사람은 이제 그밖에 없다.

"원오(元悟)!"

"…네!"

서른 명 가까이 되는 사미승 중에서 유난히 눈매가 똘망똘망한 아이 하나가 앞으로 나섰다.

"이제부터 네가 대장이다."

"네?"

"원오, 계지원(戒持院)이 어디에 있는지 알지?"

"아, 알아요!"

"그곳으로 가라. 모두를 데리고 가서 그곳에서 방무(方無) 대사님을 찾아. 그러면 안전하게 살 수 있을 거다."

계지원은 나이가 아주 많은 노승들이 더 높은 불법을 수련하기 위해 기거하는 숭산 깊은 곳의 암자다.

모르는 사람이 찾아가긴 힘든 곳이고, 또한 소림사의 전대 무승들이 모여 있는 대단한 곳이기도 했다.

아는 사람들 사이에선 소림사 방장실에 침입하는 것보다 계지원에 침입하는 게 더 힘들 거라는 말이 나올 정도다.

사미승들이 살아남기 위해선 최적의 장소였다.

"가, 갈게요! 얘들아, 가자! 누가 빨리 도착하는지 시합이야!"

원오라는 아이는 확실히 대장 노릇을 할 만한 머리 좋은 아이였다.

금세 주변의 상황을 이해하고 무엇이 최선인지 판별할 줄을 알았다. 아무리 공포에 질렸더라도 아이들은 아이들. 시합이라는 말을 듣자 금방 모든 것을 잊고 쏜살같이 달려갔다.

"무(武) 사부! 꼭 살아오셔야 해요!"

멀리서 원오의 목소리가 들려왔다.

"그 약속은 지키기 힘들 것 같구나."

무승은 씁쓸하게 웃으며 둘로 나뉘어져 버린 목곤을 꽉 움켜쥐었다.

키이익—!

아이들이 멀어지자 다급한 마음이 들었는지 혈강시의 움직임이 격해졌다.

제자리에서 펄쩍 뛰어오르는 혈강시.

무승은 그의 머리 위를 뛰어넘으려는 듯한 혈강시에게 목곤을 집어 던지고는 단번에 위로 뛰어올랐다. 비록 무공에 특출 난 재능이 없었으나 단 한 가지, 다른 이들보다 괜찮은 성취를 얻었던 무공이다.

항마연환신퇴(降魔連環神腿).

수직으로 올려 차는 등각(蹬脚)에서 시작해 공중에서 다섯 번을 연이어 차는 연환퇴다.

퍼버버버벅—!

공격이 깨끗하게 들어간 것에 대한 감탄도 잠시.

무승은 쇳덩이를 발로 찬 듯한 아픔을 느낌과 동시에, 아무런 타격도 받지 않은 혈강시가 양손을 아래로 내리찍는 것을 목격했다.

'그래, 그렇겠지.'

키아아앗—!

푸욱!

꼿꼿하게 세운 손날이 그의 가슴과 복부를 동시에 관통했

다. 숨이 턱 막히는 것과 동시에 기도를 타고 올라온 핏물이
그의 입과 코로 흘러나왔다.

'부디 충분히 시간을 벌었기를……'

땅에 떨어지는 충격과 함께 무승의 정신은 아득한 나락으
로 떨어졌다.

"헉, 헉……"

"워, 원오, 나 힘들어……"

"다리가 아파아— 못 걷겠어—"

계지원으로 향하던 사미승들 중에는 아직 열 살이 되지 않
은 아이들도 셋이나 끼어 있었다. 아무리 무승이 되기 위해
준비 중인 아이들이라고는 해도 아직 나이가 어린 만큼 또래
의 아이들과 큰 차이는 없었다.

게다가 숭산은 그리 편한 산이 아니다. 경사도 가파르고 칼
처럼 날카롭게 깎인 바위산을 타고 오르는 것은 성인 남성에
게도 쉬운 일이 아닌데, 하물며 그게 겨우 십대 초반의 아이
들임에야.

아이들은 아직 계지원으로 올라가는 초입임에도 불구하고
우는소리를 하며 주저앉고 말았다.

"힘내. 조금만 더 가면 돼."

"으응, 얼마나 더 가야 해?"

"…조금만 더 가면 돼."

"조금?"

"그래. 조금."

원오가 좋은 말로 달래서 아이들을 이끌어보아도, 얼마 지나지 않아 아이들은 헥헥거리면서 다시 주저앉곤 했다. 원오는 결국 나이가 가장 많은 아이와 나이가 가장 적은 아이끼리 짝을 지어줬다.

"나이가 많은 쪽이 동생들을 챙겨줘. 최대한 빨리 계지원에 도착해야 해. 안 그러면 우린… 큰일을 당할지도 몰라."

"큰일?"

"…아프게 될지도 몰라. 그런 건 싫지?"

아프다는 말에 아이들의 눈에 공포심이 떠올랐다.

"아픈 건 싫어……."

"빨리 가면 괜찮은 거지?"

"알겠어. 빨리 가자. 어이, 너희들, 빨리 일어서. 좀만 더 힘을 내자."

나이가 많은 아이들이 나서서 좀 더 어린 아이들을 다독였다.

그들도 말은 안 했지만 지금이 얼마나 위험한 상황인지 정도는 분위기로 느끼고 있었던 것이다.

그렇게 계지원으로 가는 길의 중반쯤 왔을 때, 결국 원오가 걱정하던 일이 벌어지고 말았다.

키이이익—!

"어엇?"

"저 소리는……!"

아이들은 잔뜩 겁을 먹고 양손으로 귀를 틀어막았다.

온몸에 소름이 끼치는 기성(奇聲)이다.

아직 모습은 보이지 않았지만, 괴물이 그들에게로 점점 더 가까이 다가오고 있다는 것은 분명했다.

'저 괴물이 여기로 왔다는 건, 무사부는……'

다른 아이들보다 훨씬 성숙한 원오는 무사부가 잘못되었다는 것을 깨달을 수 있었다.

원오는 곧바로 아이들을 재촉했다.

"빨리! 빨리 가야 해! 서둘러! 이 다리만 건너면 우린 살 수 있어!"

"저, 저 다리?"

"그래, 저 다리!"

원오의 말에 아이들은 겁먹은 눈빛으로 그들의 앞에 놓인 '외줄 다리'를 응시했다.

절벽과 절벽 사이.

밑에는 끝이 안 보일 만큼 깊은 협곡이다.

그 위에서 외줄 다리는 바람이 불 때마다 위태롭게 흔들거리고 있었다.

"무, 무섭다!"

"저걸 건너야 하는 거야?"

"무리야. 저건 못 건넌다구."

까마득한 협곡을 내려다보며 움츠러든 아이들에게 원오는 크게 소리를 질렀다.

"할 수 있어!"

"워, 원오?"

"잘 봐. 아무렇지도 않으니까. 다들 할 수 있는 거야."

원래 아이들의 세계에선 누군가 딱 한 명만 용기를 내면 다른 아이들은 다 따라오게 되어 있다.

원오는 그런 아이들의 심리를 잘 알았다.

원오 자신만 용기를 내면 된다.

본보기만 보여준다면 아이들은 보나마나 그의 뒤를 따를 것이다.

휘이이잉―

'높… 다.'

원오는 아이들을 이끄는 대장으로서 앞장서기는 했지만, 막상 외줄 다리 앞에 서자 다리가 후들후들 떨리는 것을 느꼈다.

아무리 잘난 척을 해도 아직 십이 세의 아이.

떨어지면 '죽는다'는 사실을 알면서도 행동하는 것은 생각보다 훨씬 더 많은 용기를 필요로 하는 일이었다.

'건너야 해. 그 괴물이 쫓아오고 있잖아. 이렇게 낭비할 시간이 없어. 이 애들은 내 책임이야. 내가 살려야 해.'

원오는 손끝이 덜덜 떨리는 것을 감추며 외줄 다리에 성큼

발을 내디뎠다.

뒤에서 '으앗―!' 하고 자신보다 호들갑을 떠는 아이들의
목소리가 들려왔다.

한 걸음을 내딛고 나자 의외로 쉬웠다.

양손으로 옆의 줄을 꽉 붙잡고 허리와 엉덩이에 힘을 바짝
준 채 최대한 균형을 잡으며 걸음을 내디뎠다.

휘오오오―

"…휴우."

중간에 바람이 많이 불어서 위험한 순간도 있었으나, 결국
원오는 외줄 다리를 끝까지 건널 수 있었다. 단단한 땅에 발
을 딛고 나자 그동안 억눌러 왔던 긴장이 탁 풀리면서 바닥에
주저앉고 싶어졌다.

'아, 아직은 아냐.'

원오는 한쪽 손으로 여전히 외줄 다리의 손잡이를 붙든 채
로 아이들에게 건재한 모습을 보이며 손을 흔들어주었다.

"우와아아―!"

"대단해! 역시 원오야!"

"왠지 용기가 나! 나도 할 수 있을 것 같아!"

원오를 보고 용기를 얻은 아이들은 환호성을 질렀다.

'잠깐. 그러고 보니 저렇게 소리를 지르면……!'

키아아앗―!

"……!"

아니나 다를까, 아이들이 소리를 지르는 것을 들은 것인지 혈강시의 괴성이 점점 가까워지기 시작했다.

환호성을 지르던 아이들의 목소리가 뚝 끊겼다. 뒤를 돌아보는 아이들의 안색이 창백했다.

"안 돼……!"

원오는 곧바로 지나왔던 외줄 다리를 타고 다시 반대편으로 건너가기 시작했다. 확실히 두 번째라 그런지 첫 번째보다는 떨리지 않았다.

원오는 성큼성큼 다리를 건너가서 나이가 많은 아이들부터 다리를 건너도록 시켰다.

"빨리! 하지만 차분히 조심해서 건너가! 앞에 아이가 건너가면 바로 다음 차례가 건너!"

"으, 아아……."

"겁먹지 마! 옆에 손잡이만 잘 잡으면 발을 헛디뎌도 안 떨어져!"

아이들은 얼떨결에 밀려서 다리를 건너기 시작했지만, 원오가 왕복하는 모습을 본 것이 주효했는지 생각보다 긴장하지 않고 차분하게 다리를 건넜다.

문제는 아이들이 절반쯤 다리를 건너갔을 때 일어났다.

키아아앗─!

"윽……!"

괴성을 지르는 혈강시가 시야에 보일 정도로 가까워진 것이다.

혈강시가 모습을 드러낸 건 비탈진 소로(小路)의 끝자락.

아직은 이백 장 이상 거리가 떨어져 있는 상태지만, 절대로 안심할 수 있는 거리가 아니다.

원오는 아이들을 재촉해서 다리를 건너게 시켰다.

한 사람, 두 사람…….

남아 있던 다섯 명의 아이들이 건너갈 때쯤, 이제 혈강시는 창백한 얼굴과 섬뜩한 모양의 눈, 코, 입이 선명하게 보일 만큼 가까워져 있었다.

남은 거리는 백 장.

하지만 외줄 다리에는 사미승 중에 가장 어린 여덟 살짜리 꼬마가 건너고 있었다.

바닥에 있는 외줄로부터 손잡이까지 팔도 아슬아슬하게 닿을 정도로 작은 체구다. 한 걸음 한 걸음 위태롭게 걸어가더니 결국 중간쯤에서 손잡이를 놓치고 말았다.

"아앗—!"

건너편에서 지켜보던 아이들이 비명을 지른다.

위태로운 순간.

하지만 아이가 근성이 있었던 덕분에 떨어지는 것은 모면했다. 원오는 한숨을 돌리며 뒤를 돌아보았다.

'큭, 벌써 저기까지…….'

어느새 혈강시까지의 거리는 오십 장 정도.

달려오는 속도로 봤을 때, 혈강시가 외줄 다리에 도착하는 것은 금방일 것처럼 보였다.

짧은 순간, 원오는 고민했다.

지금 건너는 아이가 다 건넌 뒤, 원오 자신도 건널 수 있을 것인가?

만약 시간이 부족해서 건너던 도중에 혈강시에게 붙잡힌다면?

그래서 저항조차 못하고 살해당한 뒤 혈강시가 유유히 외줄 다리를 건너 아이들까지 공격한다면?

'안 돼. 그래선 안 돼.'

원오는 판단을 내렸다.

아이가 거의 외줄 다리의 끝자락에 있다고는 하나 아직 세 걸음은 더 내디뎌야 한다.

그에겐 혈강시를 막을 힘이 없었고, 그렇다고 도망칠 시간도 부족했다.

'내가 남는다.'

생각은 길었지만 결단을 내리는 것은 순간이었다.

쿵! 쿵!

혈강시가 펄쩍펄쩍 뛰어서 다가온다. 혈강시가 지르는 괴성이 바로 귓가에서 들려오는 것처럼 가까워진다.

툭.

"다 건넜어!"

"원오! 빨리 건너와! 어서!"

"으아! 괴물이 쫓아온다!"

"빨리 와! 빨리!"

원오는 어서 오라며 손짓하는 아이들에게 마지막으로 미소를 지어준 후, 커다란 말뚝에 묶여 있는 밧줄을 품에 가지고 있던 소도(小刀)로 끊어버렸다.

삐걱. 삐걱.

찌지직—!

"아아앗—!!"

"무슨 짓이야! 원오! 원오!"

단번에 끊어지지는 않았지만, 그래도 있는 힘을 다해 계속해서 내려치자 세 번만에 밧줄을 끊을 수 있었다.

툭 하고 외줄 다리가 끊어져 협곡 사이로 축 늘어진다.

원오는 안도의 한숨을 내쉬었다.

줄이 끊어졌다.

길이 끊어졌다.

그러니 아이들은 이제 안전하다.

"원오—!"

"안 돼—!"

원오가 빙글 몸을 돌리자, 불과 세 걸음 앞까지 다가와 있는 혈강시의 모습이 보였다.

두 눈에서 뿜어내는 시뻘건 귀기, 부자연스럽게 굳어 있는 딱딱한 몸놀림, 그리고 땅에 닿을 것처럼 긴 팔을 휘두르는 기묘한 움직임까지.

이 순간이 닥치자 원오는 그의 판단이 옳았다는 것을 다시금 확인했다.

'욕심을 부려서 건너려 했다면 모두가 당했을 거야. 잘한 선택이야. 난 잘했어.'

키아아앗—!

원오는 질끈 눈을 감았다.

혈강시가 팔을 휘두르는 모습을 상상하며 곧 닥쳐올 죽음의 고통을 기다렸다.

쒜에에엑—!

빠악—!

"…어?"

그런데 뭔가가 부서지는 듯한 파쇄음은 원오의 몸에서 나지 않았다. 등 뒤쪽에서 아이들이 안도의 한숨을 내쉬는 듯한 탄성이 들려온다.

원오는 더 이상의 궁금증을 참지 못하고 슬그머니 눈을 떴다. 그리고 도저히 믿을 수 없는 광경이 원오의 눈앞에 펼쳐져 있었다.

키, 아앗……!

"으, 으앗……?!"

지금껏 보여준 어른스러운 모습은 온데간데없이 원오는

너무나 놀라 제자리에 엉덩방아를 찧으며 주저앉고 말았다.

혈강시가 제자리에 '박혀' 있었다.

마치 여름에 우는 매미를 바늘로 땅에 박아놓은 것처럼.

뒤쪽에서 날아온 커다란 대나무가 혈강시의 가슴을 관통해 비스듬하게 땅에 꽂혀 있었던 것이다.

키아앗……!

"우, 우와아……."

원오는 땅바닥에 주저앉은 채로 슬금슬금 뒤로 물러났다. 혈강시는 가슴이 두꺼운 대나무에 관통당했음에도 변함없이 꿈틀대며 움직이고 있었다.

상황 파악이 아직 안 되는지 양팔을 허우적거리고 있는 모습은 묘하게 공포스러워서 도저히 가까이 있을 수가 없었다.

벌레들이 몸이 반 이상 날아가고도 계속해서 꿈틀대는 것처럼.

혈강시가 움직이는 모습은 왠지 모르게 징그러웠다.

'하지만… 산 건가?'

원오는 긴장이 탁 풀리는 것을 느끼며 가쁜 숨을 몰아쉬었다.

"하아, 하아……. 그런데 대체 누가……?"

원오는 지금의 상황을 다시 한 번 살펴봤다.

혈강시의 가슴을 관통한 대나무는 아직 잎사귀조차 떼지 않은 생생하고 파릇파릇한 대나무였다.

즉, 누군가가 즉석으로 대나무를 잘라서 집어 던졌다는 뜻이 된다.

단단한 대나무를 부러뜨려서 혈강시의 가슴을 관통할 만큼 강하게 집어 던진 자.

얼떨떨하게 굳어 있는 원오의 앞으로 노란 가사 자락이 펄럭이며 떨어졌다.

"늦어서 미안해. 다치진 않았니?"

"그게, 저기……."

"아, 잠깐만 기다려."

키아아앗―!

자신의 가슴을 관통한 대나무를 부러뜨리고 펄쩍 뛰어오르던 혈강시는 갑자기 하늘에서 뚝 떨어져 내리는 듯한 황금빛에 얻어맞고 바닥에 푹 엎어져 버렸다.

"아……!"

원오는 감탄했다.

수많은 무승을 절망으로 몰아넣은 혈강시가 마치 장난감처럼 픽 쓰러져 버린 것이다. 혈강시는 바닥에서 버둥거리며 일어서려고 했으나, 앞에 있는 승려가 갑자기 크게 소리치자 마치 놀란 것처럼 뻣뻣하게 굳어졌다.

"타아아아아아―!!"

항마후.

잡귀를 내쫓고 마귀의 침입을 막으며, 정명한 정신을 되찾아준다는 불문의 비기다.

혈강시는 항마후를 듣자 마치 맹수의 울음소리를 코앞에서 들은 새끼 새처럼 몸을 부들부들 떨었다.

승려는 딱딱하게 굳어 있는 혈강시를 향해 가지고 있던 목곤을 천천히 내찔렀다.

우우우우웅—!

원오는 그가 내미는 목곤에게서 시선을 뗄 수가 없었다.

느리고 특별한 특색도 없는 찌르기에 불과하지만, 온몸이 은은한 황금빛으로 빛나는 승려의 움직임에는 사람을 매료시키는 무언가가 있었다.

천천히 목곤이 혈강시에게 다가간다.

그리고 목곤의 끝이 혈강시의 가슴에 닿는 순간, 황금빛이 한순간 강하게 번쩍이는가 싶더니 혈강시는 마치 파도를 맞은 모래성처럼 천천히 하얀 재로 변해 바닥에 우수수 떨어져 버렸다.

"아……!"

원오는 승려가 내찔렀던 목곤을 다시 등 뒤로 회수할 때까지 재로 변한 혈강시로부터 시선을 떼지 못했다.

"자, 이제 데려다 줄게."

"네?"

승려는 눈이 동그래진 원오를 품에 안아 들더니 절벽으로 뛰어내렸다.

"아아앗—!"

비명을 지르는 원오와 건너편의 아이들.

하지만 원오를 품 안에 안은 승려는 신기하게도 마치 허공에 얼음으로 만들어진 길이라도 있는 양 무릎조차 굽히지 않은 채 절벽 건너편으로 쭉 이동해 버렸다.

"저, 저기, 지금 그건… 뭐예요? 소림의 무공인가요?"

"그럼. 소림의 무공이지. 금강부동신법(金剛不動身法)이라는 거야."

"아, 그럼 저걸 재로 만들어 버린 무공은요?"

"…긴나라신곤."

"네?"

"예전에 홍건적들의 습격에서 소림을 지켜낸 긴나라신승의 무공이야."

원오는 똘망똘망하고 맑은 눈으로 승려를 올려다보았다.

낡은 가사 자락이다. 그리고 위풍당당하고 멋진 체형 위로 머리만 깎지 않았다면 어딘가 부잣집 아들로 착각했을 법한 잘생긴 얼굴이 맑은 웃음을 짓고 있었다.

"그럼 승려님도 소림을 지켜주실 건가요?"

"…하하! 그럴 거야. 똑똑한 아이구나. 법명은 받았니?"

"네. 원오라고 해요."

"깨닫는 것[悟]이 으뜸[元]이라……. 잘 어울리는 이름이네."

승려는 원오의 머리를 쓰다듬어 주었다.

"자, 그럼 어서 계지원으로 올라가. 조금만 올라가면 도착할 거야. 그리고 앞으로는 미리 밧줄을 끊지 말고 너까지 건너갈 수 있도록 노력해 보렴."

"아……."

"승려라도 그 정도 욕심을 부려도 돼. 사람은 살기 위해 태어난 존재이니까."

원오가 멍하니 올려다보는 사이, 젊은 승려는 다시 얼음을 미끄러지는 듯한 그 신묘한 움직임으로 협곡을 건너 버리고 말았다.

원오는 다급하게 협곡 너머의 승려에게 소리쳤다.

"승려님! 법명이 어떻게 되세요?"

승려는 씩 웃으며 대답했다.

"법현! 법현이다!"

그 말을 끝으로 순식간에 사라져 버리는 법현.

원오는 그가 소림을 구하러 가고 있다는 것을 알 수 있었다.

소년의 가슴에 영원히 잊지 못할 기억이 새겨진다.

원오는 조용히 부처님을 향해 절실한 기도를 올렸다.

'부처님, 법현 스님이 소림사를 구할 수 있도록 도와주세요.'

"아미타불."

아직은 어리지만 그만큼 순수한 불호 소리와 함께 소림의 전황은 새로운 국면을 맞이하고 있었다.

*　　　*　　　*

"쿨럭쿨럭……."

피가래가 섞인 기침 소리가 들려왔다. 숭산 소실봉. 소림사가 위치한 곳보다 조금 위쪽에 위치한 공터였다. 대웅보전의 동북쪽에 있으며, 소림 승려들의 식사를 만드는 전각이 있는 곳이다.

무림십일존의 일인.

불성 공화 존자는 피가 섞인 기침을 토해내며 왜소한 몸을 꿈틀거렸다. 당장에라도 꺾일 것처럼 다리가 후들거리지만 절대로 몸의 중심은 흐트러지지 않는다.

온몸이 찢기고 심장이 멎어 죽게 되더라도 죽는 그 순간까지 싸움의 자세를 잃지 않는 것이 바로 초절정무인이다.

"…이제 그만 쓰러지는 것이 어떤가?"

마찬가지로 처참한 몰골을 한 귀면탈은 질렸다는 듯이 물었다.

공화 존자의 주변은 그야말로 시산혈해라는 말이 알맞았다.

중간 중간 소림 무승이 쓰러져 있는 모습도 보이지만, 대부분은 새카만 피풍의를 뒤집어쓴 창백한 피부의 혈강시들이었다.

그 수는 무려 백여 구.

특히 쓰러져 있는 혈강시들의 모습은 쳐다보기가 힘들 만큼 처참했는데, 보통 사람의 두 배 가까이나 긴 팔이 잡아 뜯겨졌거나 몸이 통째로 박살 난 상태가 되어 있었다.

"여래승은 소림을 지키는 존재. 그를 위해서라면 나찰, 수라도 될 수 있는 법이지."

공화 존자는 천하의 귀면탈조차 가슴 한편이 서늘해질 만큼 엄청난 무위를 보여주었다.

홀로 절정고수 대여섯 명을 상대한다는 혈강시가 무려 백 구나 쓰러져 있는 모습이 그걸 증명하지 않는가.

소림의 백팔나한진이 옆에서 도왔다고는 해도 이건 귀면탈이 전혀 예상치 못한 상황이었다.

"지난바 공력에 있어서는 불성이 최고라더니… 과연 대단하다."

귀면탈은 감탄의 말을 내뱉었다. 왼쪽 팔이 힘없이 축 늘어져 덜렁거리는 그는 땅에 꽂은 대도에 몸을 기댄 채 거친 숨을 씩씩거리고 있었다.

물론 공화 존자도 무사하진 못했다.

앙상한 체구 여기저기엔 상처가 나지 않은 곳이 없었고, 특히 복부를 둥그렇게 관통한 상처에선 피가 뭉텅이로 울컥울컥 새어 나오고 있었다.

척 봐도 생사를 장담할 수 없는 치명적인 상세였다.

서로가 한계의 상황에 부딪쳤을 때 귀면탈이 혈영패력도의 최후 절초 강환으로 뚫어버린 상처는 확실하게 공화 존자의 생명을 좀먹고 있었던 것이다.

'하지만 가장 큰 변수는 저자……. 공료라고 했던가. 설마 불성과 같은 경지에 오른 괴물이 하나 더 있을 줄이야. 우리가 소림을 너무 우습게봤군.'

귀면탈은 자책했다.

공료라고 불린 노인.

처음에 나타났을 때만 해도 아무런 관심도 없었는데, 그가 자신이 가져온 목봉을 휘두르는 순간 이미 장내의 모든 인물들이 숨을 죽이고 그에게 시선을 집중하고 있었다.

말로 형용할 수 없는 힘.

경악스런 무공.

불성과 쌍벽을 이루는 무시무시한 경지.

백팔나한진이 혈강시 서른 구 정도를 쓰러뜨렸다면 나머지 일흔 구는 공료와 공화 존자의 업적이다. 그뿐이 아니라 사자탈과 용안탈의 호법들이 공료를 향해 달려들었으나, 그 두 사람은 아직까지도 활로를 찾지 못한 채 서로 동수를 이루고 있는 상황이다.

믿겨지는가? 진마의 경지에 올랐다는 호법 두 사람이 한 사람을 이기지 못하고 버둥거리고 있다니.

공화 존자는 공료를 가리켜 긴나라라고 불렀다.

과거 홍건적이 소림에 쳐들어왔을 때, 홀로 만부부당의 위용을 뽐내며 소림을 지킨 자의 이름이 바로 긴나라신승.

지금 이 순간, 홀로 소림을 지켰던 긴나라신승의 전설이 다시금 되살아났던 것이다.

"하지만 아직 혈강시는 백 구가 더 남아 있다."

의외의 무위를 확인한 것은 충격적이지만, 척 봐도 공료나 공화 존자는 이제 한계이다.

백팔나한진은 부서졌다.

사대금강도 힘이 빠지게 될 터.

"공격을······!"

"잠깐!!"

그 순간, 장내에 난입하는 한 사내가 있었다.

"법현!"

"제자야!"

아직 살아남아 있던 무승들이 어리둥절해하는 가운데, 공화 존자와 공료만이 법현을 알아보았다.

법현은 공격 지시를 내리려던 귀면탈과 공화 존자의 사이에 끼어들었다.

"폐관에서 나온 것이냐?"

"예, 사부님."

"그럼 성취는······!"

법현은 말없이 자신의 몸 주변에 환한 금광(金光)을 뿜어내는 것으로 대답을 대신했다.

긴나라승에게만 전수되는 대승범천신공(大乘凡天神功)이

극성의 경지에 올랐을 때만 보여줄 수 있는 모습이다.

상, 중, 하단의 완전한 합일.

거기에 정신적인 깨달음까지 합쳐져야만 몸을 보호하는 금색 호신지기를 얻을 수 있었다.

"네놈은……?"

귀면탈은 경계심이 가득한 어조로 물었다.

진마의 경지에 오른 귀면탈 역시 법현의 성취를 대번에 알 수 있었던 것이다.

"법현. 다음 대의 긴나라승이오."

"네놈 역시……!"

"이만 돌아가시오. 지금 계지원과 장생전(長生殿)의 노사님 들께서 급히 나오는 중이니 당신들에게 승산은 없소."

장생전은 계지원과 마찬가지로 노승들이 스스로의 깨달음 을 얻기 위해 폐관하는 장소였다.

이미 반불(半佛)이나 다름없는 그들은 어떤 일이 벌어져도 쉽사리 밖에 나오지 않지만, 만약에 나와서 그 무공을 선보이 게 된다면 그 성취는 감히 짐작할 수도 없다.

귀면탈도 그 사실을 잘 알고 있다.

하지만 진위 여부는 믿을 수 없었다. 그들은 세속과의 인연 을 끊은 존재. 아무리 사문이 멸문의 위기에 처했다고 한들 그들이 폐관을 깨고 다시 밖으로 나올까?

"……."

"······."

귀면탈과 법현은 서로의 눈을 응시하며 눈싸움을 벌였다.

결국 먼저 시선을 돌린 것은 귀면탈이었다.

그는 남아 있는 혈강시와 간부들의 숫자를 세어본 뒤 환혼령을 흔들어 사방에 흩어져 있는 혈강시를 다시 불러 모았다.

'애초에 내가 받은 명령은 소림을 봉문시키는 것. 멸문을 시키는 것까진 아니었지. 그렇다면 여기서 더 이상의 피해를 입는 것은 손해다.'

냉정하게 판단했을 때, 지금 소림은 향후 십 년간 봉문을 해서 세력을 회복해야만 하는 피해를 입었다.

'그리고 이 녀석, 만만치 않다.'

아직 어린 나이임에도 불구하고 법현으로부터 느껴지는 기세는 공화 존자나 공료에 못지않다.

만약 싸움이 일어난다면 그 피해는 추측 불가.

패배까지 하지는 않겠지만, 만약 심각한 피해를 입고 겨우겨우 소림을 몰아내는 데 성공한다면 그건 수지가 맞는 일이 아니었다.

"좋다, 물러가지."

법현은 그럴 줄 알았다는 듯이 고개를 끄덕였다.

"소림은 오늘의 일을 절대로 잊지 않을 터. 혈신교는 언젠가 오늘 쌓은 업을 청산해야만 하는 날이 오게 될 것이오."

"흠."

귀면탈은 코웃음을 치는 것으로 대답한 뒤 모두를 데리고 숭산을 내려갔다.

공화 존자, 공료, 법현.

그리고 살아남은 무승 모두 그 모습을 가만히 지켜볼 수밖에 없었다.

"너무나 많은… 피를 봤습니다."

법현은 눈앞에 펼쳐진 참상을 보며 고개를 꺾었다.

혈강시 백 구가 참혹하게 쓰러졌다?

소림의 무승들은 그 배 이상의 숫자가 쓰러졌다. 소림의 산문 앞은 시산혈해가 되어 있었다.

소림 역사상 유례없는 참상.

쓰러져 버린 무승들의 참혹한 절규가 울려 퍼지는 듯했다.

"이 일을 어째야 할지……."

쓸쓸하게 중얼거리는 법현의 말은 모두의 심정을 대변한 것과도 같았다.

무휼이 세상으로 나온 둘째 날.

소림은 멸문지화나 다름없는 피해를 입고 부분적인 봉문을 선언한다.

혈신교가 무림 전역을 향해 내뱉은 선전포고와도 같은 사건이었다.

第四十三章
살마출세(殺魔出世)

마도
협객전

魔道
俠客傳

찌르륵— 찌르륵—

여름의 끝자락.

숲 속에서 매미가 우는 소리가 들려오기 시작할 때쯤, 하북
의 이름없는 산속에선 지진이 일어난 것 같은 진동이 울리고
있었다.

낙엽이 우수수 떨어지고, 바위 위의 돌가루가 흘러내릴 정
도로 큰 진동이다.

산 주변에서 생활하는 사냥꾼들의 촌락에선 삼 년 전부터
갑작스레 시작된 굉음을 '산신의 분노'라고 이름 붙이고 있
었다.

알려고 해서도 안 되고 알아서도 안 된다.

산신의 분노 덕분에 숲의 깊은 곳에서 도망쳐 나오는 산짐승을 잡기가 한결 수월해졌으니 사냥꾼들에겐 오히려 잘된 일이었다.

그들은 주기적으로 들려오는 굉음을 들으며 여러 가지 추측을 하곤 했다.

산신령이 마음에 들지 않는 산을 하나 깎아내기 위해 매일 망치질을 한다는 것과 또는 거대한 이무기가 승천을 위해 구멍을 뚫고 있다는 이야기도 있었다.

하지만 어느 것 하나 증명되지 않았다.

가끔 호기심을 못 이긴 젊은 사냥꾼들이 굉음이 들리는 쪽으로 다가가려고 해보았지만, 이상하게도 숲 속에서 삼 일간이나 길을 잃고 헤매다가 빈사 상태로 돌아올 뿐이다.

그들은 그 현상을 산신이 벌을 준 것이라고 생각했다.

허락도 없이 신성한 땅에 침입했으니 신묘한 도력으로 침입자들에게 벌을 주고 고이 내보낸다.

왠지 장난스런 산신령이 할 법한 이야기이지 않은가.

때문에 사냥꾼들은 굉음이 들려오는 그 장소를 신성시하고 금지(禁地)로 만들었다.

그래서 지난 삼 년간 그곳엔 아무도 다가가지 않았다. 덕분에 이름없는 산의 심처는 인적이 드문 오지로 변했다.

그곳에 들어갈 수 있는 것은 바람과 햇살, 그리고 야생에

사는 짐승뿐이다.

휘이이잉—

아무도 없어야 마땅한 협곡 안에 한 사람이 서 있었다. 절벽의 끝자락, 날개가 있는 새조차 함부로 움직이기 힘들 것 같은 위험한 장소에 외팔, 외다리의 노인이 팔짱을 낀 채 위풍당당하게 서 있었다.

살마 종리단이다.

그는 시선을 한곳에 고정시키고 있었다.

아래쪽.

그가 발을 딛고 있는 절벽의 끝자락을 내려다보고 있다.

그렇게 얼마나 지났을까? 주변의 사냥꾼들이 '산신의 분노'라고 부르는 진동이 쿵, 쿵 느껴지기 시작하자 종리단은 갑자기 큰 소리로 외쳤다.

"그런 시답잖은 힘으로 벽을 깰 수 있겠냐! 그래서야 백 년이 지나도 무리다!"

그러자 놀랍게도 쿵쿵거리던 진동이 뚝 그쳐 버렸다.

한참 동안 조용한 침묵이 흐르더니, 이번엔 조금 전보다 훨씬 둔중하고 날카로운 소리가 울려 퍼지기 시작했다.

쿠우웅—!

마치 종각에서 타종을 하는 것처럼 깊은 소리가 울려 퍼졌다. 무뚝뚝해 보이는 종리단의 얼굴에서 슬쩍 미소가 피어올랐다.

"슬슬 때가 되었군."

종리단은 복잡한 눈빛으로 절벽 아래를 응시했다.

나살문에는 '파암(破巖)'이라는 이름의 특이한 수련 방법이 있었는데, 말 그대로 바위를 깨뜨리는 수련법이었으나, 여기에는 특별한 조건이 하나 붙게 된다.

자연이 만들어낸 깊은 절벽.

스스로의 힘으로 구멍을 뚫지 못하면 절대로 빠져나올 수 없는 환경이 조성되어야만 하는 것이다.

그 목적은 단 하나.

하단전에 깃든 백 개의 마정을 모두 다스릴 수 있게 되고, 나살문 최고의 비기인 연성박뢰포를 완벽하게 익힐 수 있게 하기 위함이다.

때문에 종리단은 직접 이곳에 있는 깊은 동굴을 찾아내 무진을 그 안에 밀어 넣은 뒤 손수 입구를 무너뜨렸다.

무진에게 주어진 것은 묵원삭 세 쌍뿐. 육마겸은 주어지지 않았다.

위력이 절반 이하로 반감된 연성박뢰포로 만근짜리 바위를 부수고 밖으로 빠져나오는 것이 이번 수련의 과제인 것이다.

'그동안 어떻게 변했을까. 궁금하군.'

지난 삼 년간 종리단은 무진과 직접 얼굴을 대면한 적이 단

한 번도 없었다.

동굴에는 위쪽으로 숨구멍과 같은 구멍이 하나 뚫려 있는데, 그걸 통해서 매일 식사를 넣어주고 계속 대화를 나누었을 뿐이다.

매일같이 무론(武論)을 강의하고 내공을 다스리는 방법을 설명해 주었다.

이젠 그 결실을 맺는 순간이다.

종리단 자신도 파암 수련을 통과했던 경험이 있는 만큼, 이제 이 수련의 끝이 다가왔다는 것은 충분히 알 수 있었다.

쿠우웅—! 쿠우우웅—!

한 번, 두 번 계속되는 진동에 절벽 전체에 금이 가고, 마침내 최후의 일격으로 바위더미가 안쪽으로부터 폭발하듯 터져 나갔다.

콰르르르릉—!

거대한 굉음과 함께 지난 삼 년간 막혀 있던 동굴이 뻥 뚫리면서 신선한 공기를 들이켰다.

그 안에서 천천히 한 사내가 걸어나왔다.

삼 년 전보다 더욱 커진 키,

필요없는 부분은 일절 존재하지 않는 완벽하게 다듬어진 육체가 그 모습을 드러냈다. 특히 그 눈빛. 삼 년간 어둠 속에서 무공만을 추구해 온 눈빛은 마치 태양이라도 삼킨 것처럼 강렬한 광채를 뿜고 있었다.

"드디어 나왔구나."

무진은 그의 앞에 삼 년 전과 변함없는 모습으로 서 있는 사부를 보며 곧바로 절을 올렸다.

"완성했어, 사부."

"그래, 알고 있다."

"이제 끝난 거야?"

"아니. 아직 마지막 한 가지가 남았다."

"……."

"하지만 잠시 쉬는 것도 좋겠지. 푹 쉬어라. 그동안 고생 많았다."

무진은 그 말을 기다렸다는 듯이 절을 한 채로 앞으로 푹 꼬꾸라져 버렸다.

무진은 고통을 못 느끼는 무통지체.

지난 삼 년간 제대로 잠을 잔 적이 단 한 번도 없었고, 항상 감각을 곤두세운 채 육체를 혹사시켜 왔다. 한계에 도달한 육체는 주어진 사명을 완수했다고 생각하는 순간 모든 긴장이 풀려 버렸다.

"하여간 손이 많이 가는 제자 녀석이다."

종리단은 혀를 끌끌 차면서도 즐거운 듯 웃음을 머금은 채 무진을 어깨에 짊어졌다.

터벅터벅.

종리단은 숲 속을 가로질렀다. 그날 이후, '산신의 분노'가

땅을 울리는 일은 다시는 없었다.

탁, 타탁, 탁.

"으음……."

무진은 모닥불의 불꽃이 튀는 소리와 매캐하면서 달콤한 연기 냄새를 맡으며 잠에서 깨어났다. 사람의 감각이란 것은 묘하다. 평소엔 시각에 가장 의존하면서도, 예전의 추억이나 기억을 되살리는 데에는 냄새나 소리만큼 좋은 것이 없다.

빛이 거의 없는 곳에서 오로지 무공만을 닦으며 지내온 삼 년.

시각은 이미 봉인했다고 생각했음에도 이렇게 장작이 타는 소리를 들은 것만으로 눈앞을 은은하게 밝히는 노란빛의 불꽃을 상상하고 만다.

'불꽃…….'

무진은 천천히 조심스럽게 눈을 떴다.

검게 가라앉은 밤공기를 따뜻한 느낌의 불꽃이 밝혀주고 있다.

"이제 깨어났냐?"

모닥불 앞에서 끓인 물을 마시고 있던 사부가 아무렇지도 않게 묻는다.

"어. 일어났어."

무진은 상체를 일으켰다. 뼈와 관절이 삐걱거리는 느낌과 함께 갑자기 근육에서 격한 피로감이 느껴졌다.

"으음……. 몸이 제대로 말을 안 들어. 내가 오래 잔 건가?"

"사흘이나 내리 잠들어 있었다. 오늘 자시(子時)까지 일어나지 않았다면 한 대 때려주려고 했지."

무진은 문득 하늘을 올려다보았다. 달은 거의 중천에 떠 있었다.

'위험했었군.'

사부는 때릴 때 항상 전심전력의 힘을 쓴다.

아슬아슬하게 살아난 느낌이었다.

"그런데 사흘이나… 잤다고?"

"그래. 워낙 더러워서 씻기려고 개울물에 던져 넣어도 안 일어나더군. 그대로 일어날 때까지 내버려 둘까 하다가 그래도 건져 줬다."

"…나도 모르게 죽을 뻔했잖아."

"거기서 죽으면 넌 거기까지인 놈이라는 뜻이겠지."

무진은 그저 웃어버렸다.

사부는 항상 이랬다.

사자는 자기 새끼를 벼랑에서 떨어뜨린다고 했던가. 시련을 아무렇지도 않게 만들어주고, 거기서 스스로 헤쳐 나올 때까진 절대로 도와주지 않는다.

"사부."

"왜?"

"나, 강해진 건가?"

종리단은 그에 대해선 아무런 대답도 해주지 않았다.

"자, 받아라."

"어……?"

"육마겸이다. 아, 진살마겸은 뺐됐다."

이유는 묻지 않았다. 사부가 그렇게 했다면 그에 걸맞은 이유가 있다. 무진은 순순히 그것을 받아서 옆에 가지런히 정돈되어 있는 묵원삭과 함께 챙겨 넣고 종리단을 바라봤다.

"……."

"……."

가만히 응시하자 종리단의 눈썹이 꿈틀거렸다.

"왜? 할 말 있냐? 참고로 진살마겸을 맡아둔 이유는 안 말해줄 거다."

"…그건 됐어. 그보다 내일 해야 할 일에 대해 듣고 싶은데."

"쫑알쫑알 말도 많군. 동굴에 한참 갇혀 있더니 쥐라도 된 거냐?"

"쥐든 뭐든 상관없어. 알려줄 수 없는 거야?"

"없다."

"왜?"

쉬익—!

무진은 고개를 옆으로 비틀어 날아오는 돌멩이를 피해냈다. 종리단의 눈썹이 다시 한 번 꿈틀거렸다.

"어쭈? 피해?"

"별로 어렵지도 않은데. 사부도 예전 같지 않은 모양이야?"

"허어, 아주 건방져졌구나."

무진은 눈에 띄지 않게 몸을 긴장시켰다.

이런 대화, 이런 시점이면 항상 종리단은 그에게 무자비한 공격을 퍼붓곤 했다. 갑작스런 싸움. 봐주는 것이라고는 눈곱만큼도 없는 전력을 다하는 싸움이다. 무진이 무림에 나갔을 때 실전에서 당황하지 않았던 것도 평소에 이런 식으로 싸움을 경험하고 있었기 때문이다.

"그만 자라."

"…어?"

"그만 자라. 자세한 이야기는 내일 하도록 하지."

종리단은 그 말을 끝으로 자리에서 일어나 숲길 쪽으로 사라져 버렸다. 홀로 남은 무진은 제자리에서 멍하니 앉아 있다가 어색하게 머리를 긁적였다.

"난 지금 일어났는데……."

달이 밝은 밤.

아직 무진은 모르지만, 혈신교가 사천을 습격한 날의 일이었다.

                    *   *   *

　좌르르륵—

　옥구슬이 굴러가는 듯한 맑은 소리와 함께 묵원삭이 하늘
을 향해 풀려 나간다.

　마치 우리에서 풀려난 짐승처럼 사납고 난폭한 기세로 솟
아올랐다가, 갑자기 몸을 살랑살랑 흔드는 나비가 되어 하늘
하늘 바닥으로 떨어져 내린다.

　휘리리릭—

　그렇게 땅에 거의 닿으려는 순간 갑자기 반전.

　묵원삭은 뱀처럼 꿈틀꿈틀 움직이며 공중으로 떠올랐다.

　"후우우……."

　무진은 숨을 길게 내뱉었다.

　연성박뢰포의 요체는 묵원삭 세 개를 어떻게 한 번에 다룰
수 있느냐 하는 질문에 답하는 것과 같다.

　사람의 손은 두 개.

　손가락이 열 개라고는 해도 한 번에 다룰 수 있는 묵원삭의
개수는 한 개일 수밖에 없다.

　그렇다면 나머지 두 개는 어떻게 하는가?

　답은 하나다.

　상단전. 염력이라고 불리는 의지의 힘으로 다룰 수밖에 없

다. 만약 무진이 검을 다뤘다면 이기어검이라고 불렸을 기술을 사용해야만 나머지 묵원삭을 다룰 수 있는 것이다.

우우우웅—

묵원삭 두 개가 무진의 손에서 벗어나 하늘 위로 떠올랐다. 무진의 손에 들린 묵원삭 한 개와 그의 머리 위와 등 뒤에 한 개씩 포진한 묵원삭 두 개.

도합 세 개의 묵원삭이 마치 활시위가 팽팽하게 당겨진 것처럼 강한 기운을 품고 최대한 당겨졌다.

"스으읍, 후우우……."

우우웅…….

공중에 떠올랐던 묵원삭들이 천천히 다시 바닥으로 떨어져 내린다.

상의를 벗은 채 수련하던 무진의 몸은 이미 땀으로 범벅이 되어 있었다.

이제 막 해가 뜨는 어스름한 새벽.

무진의 몸에서 뿜어지는 열기로 뿌옇게 아지랑이가 피어오를 정도다.

"자랬더니 밤을 새운 모양이구나."

"사부?"

무진이 몸을 돌리자 언제부터인지 종리단이 팔짱을 낀 채 그를 지켜보고 있었다.

"내가 자라고 하면 잘 것이지. 내가 하는 일엔 다 이유가 있다고 말하지 않았던가?"

"…하지만 사흘이나 내리 자고 더는 잠이 안 와서."

"하긴, 그렇기도 하겠군."

종리단은 저벅저벅 걸어와 무진으로부터 삼 장 거리 앞에서 멈춰 섰다. 그리고는 품속에서 손바닥만 한 쇳덩이를 꺼내 들었다.

우우웅―

진살마겸.

육마겸 중 첫째이자 으뜸인 벼락의 낫이다.

진살마겸은 이미 무진과 피로 맺어진 터라 종리단의 손에서 계속해서 몸을 떨며 반항하고 있었다.

"멋진 무구지. 마병이라 불리고 있지만, 사실 무기가 사람을 죽이고 공포를 줘야 한다는 관점에서 볼 땐 마(魔) 자가 붙는 건 최고의 찬사라고 할 수도 있다. 그렇게 생각하지 않느냐?"

"그렇게 생각해."

"마(魔)라는 것은 그런 거다. 본래의 목적에 충실한 것. 예(禮)라는 가식으로 숨기지 않고, 인간의 본래의 심성을 그대로 드러내는 것이 바로 마라고 할 수 있겠지."

오늘의 종리단은 뭔가가 달랐다.

대뜸 마에 관한 이야기를 꺼내는 것도 그렇고, 그에 대한 설명도 평소와는 묘하게 관점이 다르다.

"사부, 무슨 일 있는 거야?"

"잠자코 들어라. 건방진 제자 녀석."

무진이 입을 다물자 종리단은 계속해서 말을 이어 나갔다.

"그렇다면 어째서 마라는 것은 나쁜 쪽의 인상을 가지고 있는가? 간단해. 인간의 본성 자체가 선하지 않기 때문이다. 예전부터 사람의 본성에 대한 논란은 끊이지를 않았지. 성선설이니 성악설이니. 고자는 인간의 본성이 선할 수도 악할 수도 있다고 했고 말이야."

"……."

"그 어떤 것도 확실하게 증명된 것은 없지만 나는 그렇게 생각한다. 인간의 본성은 분명 나쁜 쪽으로 조금 기울어 있어. 애초에 나쁘게 태어난다는 뜻이 아니라, 인간이 약하기 때문에 나쁘다는 거다. 세상은 나쁘게 사는 게 더 이득이거든. 세상은 투쟁이다. 그리고 겉으로 드러내진 않지만, 사실 사람들은 다른 사람을 밟고 원하는 것을 빼앗고 쟁취하는 것이 더 편하고 좋다는 것을 누구나 알고 있어."

"…그래서 마중불마라는 거야?"

"그래. 그래서 마중불마다. 세상의 관습에 얽매이지 않고 살되, 너무나 악하게 물들어 버린 자들을 가진 힘으로 규제하자. 그게 우리 나살문의 존재 의의라는 거다."

문득 무진은 예전에 괴룡당에서 문표웅에게 들었던 말이 떠올랐다.

마공은 검증되지 않은 새로운 시도의 무공이라는 것.

하지만 인간이 자신만의 편의와 이득을 위해 마공이라 단정 지었다.

종리단의 말은 그 말과 연결이 되어 있는 듯했다.

즉, 선과 마는 딱 부러지게 나눠지지 않는다는 것이다.

"사부, 갑자기 그 말을 하는 이유가 뭐야?"

"어째서일 것 같나?"

"……"

"쉽게 예를 하나 들어주지. 너는 지금 나에게 반말을 쓰고 있다. 그건 어째서지?"

무진의 눈빛이 흔들렸다.

"사부가… 그렇게 시켜서지."

"그래, 그렇다면 나는 어째서 그것을 시켰을까? 너도 세상에 나가봤으니 알겠지만, 대륙 천하에 제자 놈이 사부에게 반말을 지껄이는 놈은 너밖에 없을 거다. 그건 공자의 예절이니 뭐니 하는 것과는 달라. 군사부일체는 사람의 기본적인 도리다."

무진은 머릿속에서 뭔가가 잡힐 듯 잡히지 않는 것을 느꼈다. 종리단은 고민하는 무진을 가만히 지켜보다가 말해주었다.

"정답은 이거다. 사부를 '윗사람'으로 두지 않는 것."

"어……?"

"사람은 잠재의식이라는 것을 가지고 있다. 존댓말을 쓰는 것은 상대를 나보다 위로 둔다는 뜻이고, 그런 의식은 마음 깊숙이 박혀서 웬만해선 사라지지 않지. 특히 사부와 제자처럼 오랫동안 함께할 관계에선 그런 것이 더욱 중요하다. 만약 나 같은 사람이 너에게 존댓말을 강요했다면, 너는 나를 도저히 넘어설 수 없는 '압도적인 윗사람'으로 생각했을 거란 뜻이다."

무진은 종리단을 존경한다.

종리단은 무인으로서 무림사에 한 획을 그은 대단한 인물이고, 사부로서 제자인 무진에 대한 태도도 존경하기에 마땅하다.

그건 무진이 지금껏 구사해 온 말투와는 전혀 상관없는 본심이다.

하지만 종리단의 말도 일리가 있었다.

만약 무진이 종리단을 처음 만났을 때부터 계속 극공경의 어투를 썼다면 어떻게 되었을까?

지금처럼 친구나 동반자 같은 관계를 유지할 수 있었을까?

"그 표정, 아무래도 내 말뜻을 알아들은 모양이구만."

"…알아들었어."

"그래, 그럼 이야기는 간단하지. 나살문은 제자가 사부를 넘어서길 원한다. 위대한 사부를 존경하며 그 발자취를 좇는 걸론 부족해. 전투적으로 사부를 뛰어넘어 버리겠다는 의지를 갖고 점점 발전해 나가기를 바란다."

사아악—

무진은 몸에 소름이 돋았다.

종리단의 몸에서 느껴지는 기세가 점점 강해지고 있었다. 전투적, 적대적인 기운이다.

"나살문은 대가 이어질수록 더욱더 강해져야만 한다. 사부를 뛰어넘고 더 강해져라. 그래야만 대륙 모든 마인을 규제하는 쇠사슬이 될 수 있다."

마인들을 구속하는 쇠사슬.

나살문이라는 이름은 그런 뜻이었다.

"그러니 오늘, 나를 넘어봐라, 제자야."

"사부……."

"조건은 간단하다."

종리단은 무진에게 묵원삭을 하나 내어달라고 말했다. 무진이 허리춤에 차고 있던 것을 건네주자, 종리단은 그것을 손에 잡고 그리운 것을 보는 듯한 눈빛으로 바라봤다.

묵원삭을 무진에게 전해준 뒤 십여 년이다.

그 순간 사실상 무인으로서는 은퇴를 한 것이었으나, 지금 이 순간 다시 그것을 되찾은 것이다.

"나는 이 묵원삭 하나와 진살마겸을 사용한다. 그리고 너는 네가 가진 모든 것을 사용해라. 묵원삭 두 개와 육마겸 중 나머지 다섯 개겠지."

"…전심전력으로 싸우는 거야?"

"그래, 전심전력이다. 그리고 거기에 한 가지를 더한다."

"어떤?"

"살기다."

"……!"

"이 싸움은 서로 상대를 죽일 각오로 임한다."

종리단의 눈빛엔 한 치의 망설임도 없었다.

무진은 깨달을 수 있었다. 종리단은 진심이다. 진심으로 무진을 죽일 각오로 싸우려 하고 있다.

"싸움에서 지는 쪽은?"

"……."

"대답해 줘, 사부. 싸움에서 지는 쪽은 어떻게 되는 거지?"

종리단은 잠시 뜸을 들이다가 대답했다.

"죽는다."

"…진심으로 하는 말이야?"

"그래, 죽는다. 특히 네가 진다면 분명 죽는다."

지금껏 종리단이 죽을 각오를 하고 싸우라는 적은 많았지만 이번엔 달랐다. 이번만큼은 진짜다. 그런 생각이 들었다.

"나는 사부를 죽이고 싶지 않아."

"그럼 네가 죽는데도?"

"……."

"네가 살고 싶다면 날 죽일 각오로 싸워라. 그리고 한 가지

말해두겠는데, 네놈이 죽이고 싶다고 해서 호락호락 죽어줄
만큼 나는 약하지 않다."

"그거야 당연……."

"그러니 망설이지 말고 전력을 다해라. 죽고 싶지 않다
면."

사아아악ㅡ!

해일처럼 몰려드는 기파.

그것은 위태천과는 다르고, 혈신삼호법의 기세와도 다르
다.

잔잔히 발밑을 적시던 물이 어느샌가 목 위까지 차오른 것
처럼,

압도적인 기파는 그저 당연하다는 듯이 존재한다.

이 사람은 원래 이렇게 대단한 사람이다. 자연이 만들어낸
절경을 보면 누구나 감탄하게 되듯이, 보는 사람은 누구든지
외경할 수밖에 없는 강렬한 기파다.

"사부와의 싸움……."

무진은 주먹을 힘껏 움켜쥐었다.

"언젠가는… 이렇게 될 수도 있겠다고 생각했었어."

"그랬나?"

"오 년 전인가. 내가 언제 육마겸을 쓸 수 있게 되냐고 물
었을 때, 사부는 '나를 넘어설 수 있겠다 싶을 때 넘겨주겠
다'고 했었지."

오 년 전.

무진은 그 말을 들었을 때를 아직도 선명하게 기억한다. 그 날은 처음으로 무진이 자신의 목표를 단순히 '강해진다'에서 '사부'로 변경했던 날이다.

"고민할 필요도 없는 일이야. 사부를 이기면 되니까. 사부를 이기고 내가 사부를 살려주겠어."

딱딱하게 굳어 있던 종리단의 얼굴에서 처음으로 감정의 파문이 일어났다.

놀라움, 그리고 감탄이다.

"아주 자신만만하구나."

"살마의 제자는 항상 자신만만해야 한다며?"

무진은 지금껏 종리단에게 보여준 적이 없는 환한 웃음을 지어 보였다.

종리단의 얼굴에서 동요가 더욱 짙어진다. 그리고 흔들리던 동요가 점점 짙어져 마침내 웃음으로 변했을 때, 두 사람은 격돌했다.

*   *   *

"그게… 벌써 십 일 전의 일인가."

무진은 객잔의 탁자에 앉은 채로 나직하게 중얼거렸다. 그리고 시선을 내려 아직까지도 완전히 적응하지 못한 자신의 하단전을 내려다보았다.

"일만마정(一萬魔精)이라……."

사부 종리단과의 싸움이 있었던 날.

결과부터 말하자면 무진은 결국 패하고 말았다.

그토록 자신만만하게 큰소리를 쳐놓고 무슨 꼴사나운 짓이냐고 물으면 할 말은 없지만, 무진은 그래도 천하의 '살마'를 절박한 순간까지 몰아붙였던 자기 자신을 오히려 칭찬해주고 싶은 심정이었다.

종리단은 정말로 강했다, 이렇게 강해도 되는가 싶을 정도로.

특히 진살마겸 다음으로 사용했던 연성박뢰포의 모습은 무진이 지금껏 익혀온 무공의 근간을 모조리 뒤흔들 만큼 충격적이었다.

'싸움 끝에 정신을 잃고 깨어나 보니 이미 이게 들어와 있었지.'

무진은 탄탄한 근육으로 덮여 있는 자신의 아랫배를 쓰다듬어 보았다.

아직도 믿기지가 않는다.

이곳에 무려 '일만'의 마정이 잠들어 있다는 것이.

종리단은 무진이 쓰러져 있는 사이 글을 남기고 떠났는데, 그 글엔 이렇게 쓰여 있었다.

셀 수 없기에 일만마정이라 부른다. 앞으로 나살문의 전승을 모두 너에게 맡기마. 이젠 네가 살마다.

그 종이쪽지를 보는 순간, 무진이 느낌 감정은 감히 말로 형용할 수가 없는 것이었다. 그 뒤 삼 일을 기다렸지만 종리단은 돌아오지 않았고, 결국 무진은 산을 내려왔다.

'감사의 인사는 하고 싶었는데…….'

싸움에선 큰 깨달음을 얻었고, 뱃속엔 누구에게도 질 것 같지 않은 무한한 힘을 넘겨받았다.

다시 사부를 볼 수 있을까?

왠지 모든 걸 훌훌 털어버리고 여행을 떠나는 사부의 모습이 상상이 되었지만, 무진은 애써 그쪽은 생각하지 않았다.

언젠가는 다시 만날 수 있을 것이다.

지금은 그것만으로 충분했다.

"음? 왜 배를 만지는 거냐? 배가 아프기라도 하냐?"

턱 하고 음식을 탁자에 내려놓으며 한 사내가 걱정스럽게 묻는다.

이곳은 구산의 마을에 있는 장씨객잔, 그리고 음식을 내려놓는 사내는 객주인 장춘이었다.

무진이 하산을 하면서 가장 놀랐던 것은, 그가 있었던 곳이 종리단과 함께 십 년가량이나 살았던 구산의 근처라는 것이다.

도대체 이해가 안 가는 일이었다.

분명 며칠 전까지만 해도 하북에 있는 이름 모를 산에서 동굴을 파고 수련하고 있었건만.

잠에 빠져 있었던 사흘 만에 주(州)를 몇 개나 넘어 강소성의 구산으로 돌아와 있었던 것이다.

"그런 건 아니야."

"하하, 부끄러워할 것 없어. 참, 해우소도 새로 지었다. 한 번 가보지 그래?"

장춘은 여전히 넉살이 좋고 오지랖이 넓은 성격 그대로였다.

"됐어. 뒷간이 뒷간이지."

"어? 인마, 그랬다간 깜짝 놀랄 거다. 얼마나 깨끗하고 좋은데? 그것 때문에 일부러 객잔에 오는 사람이 있을 정도로……."

주절주절 떠드는 장춘의 수다는 왠지 모를 향수까지 느끼게 만들었다.

신기한 일이다.

구산마을을 떠났던 것은 불과 삼 년 정도밖에 안 되었는데 느낌상으로는 마치 십 년 이상 밖에서 지내다가 고향으로 돌아온 사람이 된 것 같았다.

'그만큼 밀도가 깊은 시간을 보냈다는 거겠지.'

이런저런 잡생각을 해보던 무진은 이내 고개를 붕붕 저으며 머릿속을 비워냈다.

"그보다, 묻고 싶은 게 있는데." ·

"음? 뭔데? 뭐든지 물어봐. 이래 봬도 마을에서 유일한 상점(商店)이라 정보엔 빠삭하다?"

"요새 큰일은 없어?"

"큰일이라니?"

"여긴 정천맹이 있는 강소성이잖아. 혹시 무림 쪽에 별일 없나 해서."

"아아! '그쪽 ' 이야기였구만?"

장춘은 알겠다는 듯이 씩 웃었지만, 어쩐지 조심하는 듯한 모습으로 무진에게 가까이 다가와 나직하게 말해주었다.

"안 그래도 그것 때문에 큰일이 났어. 정천맹이 하룻밤 만에 모조리 불타고 잿더미가 되는 바람에 지금 난리도 아니라고. 상계는 상계대로 난리고 무림은 무림대로 난리야. 어느 쪽이 승자든지 간에 근처 세력 판도가 완전히 뒤집힌다는 뜻이니까. 주변에 사는 사람들은 다들 예민하게 촉각 곤두세우고 있다구."

"뭐? 그게 진짜야?"

내심 별 기대를 하지 않고 있었던 무진은 의외로 충격적인 소식을 듣고 눈을 크게 뜨며 놀라고 말았다.

정천맹이 하룻밤새 무너지다니.

정천맹엔 그 위태천이 있고 군사인 천기수사 제갈성도 있다. 추마대도 꽤나 만만치 않은 실력자들이 포진되어 있고, 무엇보다 정천맹을 지원하는 정파 잔당들의 힘도 가볍게 볼 수 없다.

그런 대단한 곳이 불과 하룻밤만에 몰살당하는 것은 아무리 생각해도 있을 수 없는 일 같았다.

"그러엄—! 진짜라니까? 듣기론 혈신교의 짓이래. 그것도 혈마가 직접 나타났다던데…….싸움이 엄청났었나 봐.

"혈마가 직접? 혼자?"

"그래. 혼자. 직접. 엄청 강하다더라? 화산제일무라고 불리던 위태천이 겨우 오십 합밖에 못 버티고 나가떨어졌다고 하더라. 그 뒤로도 혼자서 정천맹의 추마대 전체를 압도했다고 하던데? 대단하지? 이젠 혈신교의 천하가 오려나 봐."

무림과 멀리 떨어져 있는 사람들에겐 무용담이 대단하기만 하면 누가 이기는지는 상관이 없는 모양이었다.

혈마의 업적에 대해 이야기하는 장춘에게선 거부감보다는 대단하다는 듯한 흥분감이 더 커 보였다.

"혈신교라…….그래도 되는 건가? 구룡성은 정천맹을 공격하지 않기로 협정을 맺은 것 아니었어?"

"그치? 나도 그렇게 생각했는데, 소문으론 혈신교가 단독으로 벌인 일이래. 사천을 공격한 것도 그렇고. 하지만 알게 뭐야? 솔직히 그런 건 눈 가리고 아웅이지. 실제론 구룡성이 뒤에서 사주한 건지 누가 알아?"

"그건… 아닐 거야."

"엉? 아니야?"

"아냐. 확실히."

무진으로선 그 정도로밖에 이야기해 줄 수 없었다. 장춘은 잠시 고개를 갸웃했으나 이내 '뭐, 그런가 보지' 라는 듯한 태도로 수긍했다.

"그보다, 그럼 정천맹은 어떻게 된 거야? 모든 사람이 몰살한 거야?"

"그게……."

무진은 긴장한 채로 대답을 기다리고 있었다.

비록 무진은 마도인이고 정천맹은 정파지만 정천맹엔 그에게 소중한 인연들이 있는 곳이었다.

친우인 유원이 있고 여동생 같았던 진린린도 그곳에 있다. 무진이 살마의 후예라는 사실을 알고도 그를 지지해 주었던 법현도 정천맹에 있을 테고, 비록 마지막엔 칼부림을 하며 원한을 맺었지만 그래도 한때 동료로서 지냈던 벽화운도 그곳에 있다.

여러 가지 인연이 서려 있는 곳이다.

이렇게 갑작스런 일로 허무하게 다들 죽어버렸다는 것은 상상하기조차 싫었다.

"내가 최근에 들은 이야기인데 말이야, 정천맹에서 가장 중요한 주력은 지금 도망치는 중인 모양이야. 호남지방에 미리 준비해 둔 비밀 장소가 있다던데, 대단하지? 이런 일도 미리 예견하다니 군사들은 정말로 머리가 좋은 모양이야. 하지만 혈신교의 추적대가 바싹 붙어서 추적 중이라 힘든 상황인 모양이더라."

"추적?"

"어어, 근데 정천맹도 대단한가 봐. 도주하면서 혈신교의 추적을 다 뿌리치고 있대. 새로 총군사가 된 백… 백령… 뭐더라? 아무튼 그 사람이랑 정의신검이 활약을 하는 모양이더라고."

장춘은 그 뒤로도 자신이 아는 소문들을 쭉 이야기한 뒤 무진에게 내줄 차를 가지러 주방으로 들어갔다. 무진의 얼굴은 딱딱하게 굳어져 있었다. 그가 방금 들은 이야기는 너무나 충격적이었다.

'호남 쪽으로 도주, 그리고 혈신교의 추적대라…….'

무진의 머릿속에서 생각이 나뭇가지처럼 뻗어 나갔다.

혈마 무휼의 무위.

추마대의 도주 능력.

그리고 혈강시의 힘을 생각할 때, 정천맹이 혈신교의 공격을 막아낼 수 있을 거란 생각은 들지 않았다.

'내가 구해야 돼.'

혈신교를 타파하기 위해서,

정천맹에 있는 소중한 친우들을 구해내기 위해서 무진이

나서야만 하는 때였다. 무진은 더 이상 참지 못하고 자리에서 일어섰다.

"어이, 차 나왔다! 이거 마시고… 무진?"

"나중에 다시 올게!"

무진은 어디 가냐고 소리 지르는 장춘에게 손을 흔들어준 뒤 곧바로 마을을 빠져나와 방향을 남쪽으로 틀었다.

호남.

정천맹의 사람들이 있는 곳.

그게 무진의 다음 목적지였다.

*   *   *

두두두두—!

일사불란한 사람들의 발소리는 마치 평야를 질주하는 말발굽 소리처럼 웅장하게 땅을 울렸다. 호남에 있는 평야엔 두 부류가 존재했다.

쫓기는 자들, 쫓는 자들.

쫓기는 자들의 얼굴엔 절박함과 공포가 가득했으나, 그래도 그들은 뿔뿔이 흩어져서 혼자만 도망칠 생각은 하지 않았다.

정천맹으로서의 긍지.

기필코 기회를 노려 한 방을 갚아주겠다는 혈신교에 대한 뿌리 깊은 원한이 그들을 지탱하고 있는 것이다.

"끄아아악—!"

하지만 대열의 후미에서 들려오는 비명 소리와 함께 모두의 등골이 섬뜩해지고 말았다.

뒤쪽에 있던 정천맹의 무인 한 명이 어디선가 날아온 화살에 맞아 균형을 잃고 쓰러져 버린 것이다.

화살 한 방에 즉사한 것은 아니었으나, 대열에서 떨어져 나와 뒤처진 것은 죽은 것과 마찬가지였다. 그는 주변의 무인들이 미처 뒤돌아보기도 전에 삼십 장 너머로 뒤처졌고, 곧 뒤따라오는 혈신교의 무사들에게 짓밟혀 죽음을 맞았다.

"크윽……."

대열 여기저기서 억눌린 신음 소리가 흘러나왔다.

이곳에 있는 자들은 모두 긍지 높은 무인들.

이대로 사냥감처럼 도망만 칠 바엔 장렬하게 한번 싸우고 죽는 게 낫지 않겠냐는 것이 모두의 심정이었다.

"조금만 참아요! 우리가 죽을 곳은 이곳이 아닙니다! 미리 마련해 둔 장소에 도착만 하면 포위되지 않고 싸울 수 있습니다! 우린 살아남아야 해요!"

무리의 가장 선두에서 달리던 여인.

너무나 아름다워 생명이 경각에 달했다는 것도 잊고 멍하니 바라보게 되는 그녀는, 단 몇 마디의 말로 궁지에 몰려 있는 무인들의 정신을 회복시켜 주었다.

진린린은 당차고 아름다우며 지혜롭다.

정천맹의 무인들은 그런 그녀의 말을 믿었다.

"좋아! 가자!"

"이제 금방이야! 벌써 호남의 경계는 넘었다고!"

"혈신교 놈들, 이 빚은 조만간 갚아주마!"

무인들은 애써 험한 말을 내뱉으며 혈신교와 일전을 벌이고 싶다는 호연지기를 억눌렀다.

그런 그들의 선두에서 남몰래 진린린은 한숨을 내쉬었다.

무인들이란 길들여지지 않은 야수들과도 같다.

천성이 자유로운 그들을 통제하는 것은 아무리 머리가 좋은 그녀라도 어려운 일이다.

"린 매, 수고했어."

하지만 그녀의 어깨에 올려 있는 크고 단단한 손이 그녀를 지탱한다.

"고마워요, 유 오라버니."

"그리고 저길 봐. 이제 다 도착했어."

"……!"

유원의 말이 맞았다.

유원의 손가락이 가리키는 곳엔 그동안 그녀가 목이 빠져라 기다리고 있던 장소성이 보이고 있었다.

장소성의 바로 옆이 총군사인 제갈성이 그동안 만약의 상황을 위해 준비해 둔 '지부'가 있는 곳이었다.

"거의 다 왔어요! 힘을 냅시다!"

우오오오—!

정천맹 무인들의 환호성을 들으며 진린린은 그들을 이끌고 정천맹의 호남지부에 입성했다.

"이곳이⋯⋯!"

정천맹의 호남지부는 만약을 대비해서 만든 기지답게 커다란 규모를 지니고 있었다.

수백의 사람들이 일시에 들이닥쳤음에도 모자람이 없었다. 숙소를 위한 안채도 수십 개가 넘었고, 담장에서 담장까지는 눈으로 다 볼 수가 없을 정도였다.

진린린은 새삼 제갈성의 능력에 감탄하면서도 긴장이 풀린 듯 주저앉으려는 무인들에게 호통을 쳤다.

"안 돼요! 정신 차려요! 지금 우리에겐 추적자가 있습니다! 앉아서 죽을 거예요?"

"⋯⋯!"

진린린의 말에 다시 벌떡 일어난 그들이 칼을 잡고 흉흉한 기세를 불태운다.

뒤쪽엔 정천맹의 건물, 앞쪽은 경사가 꽤나 심한 비탈길.

그들은 뒤를 걱정할 필요 없이 정면의 적들과만 싸우면 되었다.

"자, 와라!"

"모조리 쓰러뜨려 주마!"

호탕하게 외치는 무인들 사이에서 진린린의 눈은 끊임없이 주변을 살폈다.

두두두두—!

이윽고 정천맹의 정문으로 일단의 무리가 올라왔다. 검은색 피풍으로 온몸을 가리고 있는 자들이다. 숫자는 백.

혈강시가 반, 혈신교의 무사들이 반이라고는 해도 지금의 정천맹 무사들에겐 여전히 벅찬 상대였다.

"마지막으로 묻겠다! 혈신교에 투항한다면 목숨은 살려줄 것이다! 혈신교의 광명 아래 머리를 조아리겠는가?"

이번에 정천맹 소탕의 임무를 맡은 자.

제십 혈제원주 고염은 큰 소리로 외쳤으나 돌아오는 반응은 싸늘했다.

"웃기지 마!"

"그걸 말이라도 하는 거냐!"

"지나가던 개가 웃겠다!"

실제로 웃음을 터뜨리는 그들의 얼굴에서 죽음의 공포는 찾아볼 수 없었다.

모두가 죽음을 겸허하게 받아들인 것이다.

다만 마지막은 장렬하게 싸우다 죽겠다고. 그 결심만이 손에 잡힐 듯 선명하게 보였다.

"그럼 할 수 없지."

딸랑—

방울 소리를 퍼뜨리는 환혼령.

그와 동시에 혈신교 측의 무리에서 혈강시 오십 구가 펄쩍 뛰쳐나갔다.

"모두들 자리를 지키세요! 대열이 흐트러지면 순식간에 당합니다!"

이쪽 정천맹 무인들의 남은 숫자는 이백여 명.

모두가 나름 정예라고 할 수 있는 추마대의 생존자들이다.

하지만 지난번 혈마와의 싸움으로 사대조장을 모조리 잃은 추마대는 어쩐지 한곳으로 집결되지 못하는 듯한 느낌을 주고 있었다.

항상 그들이 믿고 따르던 조장이 없으니 힘이 분산되고 있는 것이다.

그때였다.

"사파의 종자들! 절대로 용서치 않는다! 모조리 베어버릴 것이다!"

뒤쪽에서 홀연히 나타난 한 사내가 무서운 실력으로 혈강시들을 베어 넘기기 시작했다.

새하얀 도복에 점점이 그려진 옅은 매화 무늬.

허리엔 나무로 만든 검집을 차고 긴 머리는 뒤로 깔끔하게 빗어 넘겨두었다. 마치 얼음같이 냉막한 인상 위로 날카로운 눈매엔 증오가 담겨 있었다.

"벽화운!"

"참룡검이다!"

촤좌좌좍—!

지난 삼 년간 절치부심하여 수련한 것은 똑같은지 벽화운의 실력은 놀랄 만큼 높아져 있었다.

움직이는 동작 하나하나에 무학에 대한 깊이있는 깨달음이 느껴진다. 마치 전성기 때의 위태천을 보는 듯한 느낌.

아무렇게나 내딛는 발걸음은 세류표와 환환미종보의 묘리를 담고 있고, 다급하게 공격을 쳐내는 검의 움직임은 육합검과 상청검이다.

무공이 완전히 몸에 융화된 느낌이다.

신검합일(身劍合一)이 따로 있을까?

온몸이 곧 검과 같으니 벽화운은 이미 한 자루의 검과 같은 사내였다.

"천류! 신화!"

파아앗—!

사선으로 베어 올라가는 검격.

두 번의 짧은 찌르기와 동시에 거대한 화(火) 자가 혈강시의 가슴에 새겨진다.

키아아앗—!

혈강시는 비명을 지르며 몸이 잘려 나갔다.

강철보다 단단하다는 혈강시를 일격에 뼈까지 끊어버린 무서운 실력.

주변의 추마대원들은 그런 벽화운에게 순순히 자리를 내어주었다.

"과연 참룡검!"

"대단하다! 다음 대 화산제일검이라더니!"

"총사 위태천이 부럽지 않다!"

주변에서 힘을 얻은 무사들이 자신의 몸을 돌보지 않고 혈강시에게 달려든다.

와아아아―!

키아아앗―!

용맹한 싸움은 칭찬받아야 마땅하지만 진린린은 차마 그들에게 칭찬의 말을 해줄 수 없었다.

상황이 너무나 안 좋았다.

좌측에선 정의신검이라 불리는 유원이 주변 무사들을 이끌고 싸우고 있고, 우측에선 벽화운이 고군분투하고 있지만, 여전히 제대로 싸울 수 있는 사람은 그 두 사람밖에 없는 것이나 마찬가지였다.

나머지 무사들도 약하진 않지만 혈강시를 이길 수는 없는 실력들이다.

이대로 중앙만 집중 공격하여 돌파당한다면 그때는 무인들의 진형 전체가 망가지는 것도 각오해야 했다.

'내가 나설까?'

감히 유원이나 벽화운에 비교할 수는 없겠지만, 그래도 지

난 삼 년간 수련을 게을리 하지 않은 진린린은 꽤나 강해져
있었다.

다른 무사들보단 낫지 않겠냐는 생각부터, 그래도 지휘자
가 자리를 뜨면 싸움은 오합지졸이 된다는 압박감까지.

키아앗—!

"으아아악—!"

푸화아악—!

"끄으……!"

비명 소리와 함께 선혈이 난무한다. 진린린은 속으로 간절
히 한 가지를 소망했다.

'한 사람만, 딱 한 사람만 더 있었더라면!

그랬다면 혈마도 혈신삼호법도 없는 이번 공격을 막아낼
수 있었을 텐데!

콰아앙—!

"어?"

그 순간, 기적이 일어났다.

혈신교 무리의 뒤쪽, 즉 정천맹의 사람들이 싸우고 있는 곳
과는 반대편에서 갑자기 혈신교 무리의 대형이 무너지기 시
작했다.

키아아앗—!

으아악—!

공포에 질린 듯한 비명 소리.

의아해하는 진린린의 눈에 하늘 높이 치솟아 오르는 거무 튀튀한 쇠사슬이 보였다.

"저건……!'

진린린은 한눈에 알아봤다.

비록 삼 년간 보지 못했지만 처음 봤을 때 얼마나 그 모습 이 강렬하게 느껴졌었는지를 떠올리면 삼 년이란 시간은 그 리 긴 것도 아니었다.

하늘 높이 솟아오른 두 개의 쇠사슬.

그 쇠사슬엔 각각 특이한 형태의 '낫' 이 매달려 있다.

손에 든 쇠사슬이 하나.

등 뒤와 머리 위에 떠 있는 쇠사슬이 각각 하나씩.

도합 여섯 개의 낫이 제각각 살아 있는 것처럼 생생하게 움 직이며 혈신교의 무리를 몰아친다.

"단천무한, 삭풍쇄혼, 일월투망……."

진린린은 지금 펼쳐지고 있는 초식의 이름까지 기억할 수 있다.

흔들리는 봉목에 뿌옇게 물이 차오른다.

그녀의 입에서 격한 감정이 흘러나왔다.

"무진―!'

주변 무사들의 시선이 모여들고, 심지어 혈신교의 인물들 조차 그를 향해 고개를 돌린다.

특히 정천맹의 선두에서 싸우던 두 사람은 더했다.

그들은 진린린의 목소리를 듣자마자 믿을 수 없다는 듯이 멍하니 굳어져 버렸다.

푸콰과곽!

쫘아아앙—!

단단한 혈강시들의 육체가 종잇장처럼 찢어진다. 전력을 다해 펼치는 혈신교도의 무공은 그의 몸에 닿지도 못했고, 살아 있는 것처럼 움직이는 여섯 개의 사슬낫은 주변에 있는 적들을 무차별적으로 도륙했다.

쿠웅! 쿠웅! 쿠웅!

가벼운 발걸음이 마치 거인이 발을 내딛는 것처럼 웅장하게 느껴진다.

무진의 존재감이 너무나 거대했기 때문이다.

그가 걸음을 내디딜 때마다 혈강시 두세 구가 박살이 나며 날아갔고, 그 앞을 막을 수 있는 자는 아무도 없을 것 같았다.

무진은 조무래기들에겐 전혀 관심도 없다는 듯이 계속해서 정면만을 바라보고 있었는데, 그 모습이 지켜보는 사람에겐 더욱 압도적으로 느껴졌다.

무진은 계속해서 걸음을 옮겼다.

혈신교도 오십 명.

혈강시 오십 구의 방해를 뚫고 마침내 그들의 대장인 제십혈제원주 고염이 있는 곳까지 도달했다.

"네놈이… 어떻게 여길……."

고염은 무진의 정체를 알아보고는 신음했다. 반면, 무진의 눈엔 고염은 들어오지 않았다.

"비켜."

"…그 오만방자함. 사부를 쏙 빼닮았군."

"안 비켜?"

"길을 지나가고 싶다면 나를 쓰러뜨려 봐라!"

고염은 무림 오십대고수 안에 드는 강자.

어쩌면 과거에 무진을 애먹였던 백염라 맹달보다도 강한 자였으나, 이번엔 반대로 고염이 무진을 보며 공포에 질려 있었다.

그는 방심하지 않고 환혼령을 흔들어 혈강시들과 협공을 취했다.

열 구의 혈강시가 펄쩍 뛰어올라 무진을 향해 달려든다.

전, 후, 좌, 우.

사방에서 쏟아지는 협공이다.

그 틈에 고염은 양손 가득 혈강기를 모았다. 사천당가의 가주를 죽이고 가문을 멸망시켰던 바로 그 무공이다.

쐐에에엑―!

"어……?"

그리고 혈강시의 뒤를 이어 달려들려는 순간, 번쩍하며 하늘에서 검은 번개가 떨어졌다.

추비무한연옥십팔로(追翡無限煉獄十八路)!

육마겸(六魔鎌) 전용(全用)!

제이로 삭풍쇄혼(削風碎魂)!

본래는 운겸이나 풍겸을 이용해 주변에 막을 만들어내는
무공이었으나, 무진이 육마겸을 모두 사용하자 그 무공의 수
준이 달라져 있었다.

콰가가가가가가─!

엄청난 속도로 회전하는 세 쌍의 묵원삭.

바람 한 점도 들지 않을 듯한 겸막 때문에 주변의 혈강시들
이 '다져지고' 있었다. 강철과도 같은 강도를 지닌 혈강시들
의 육체가 사방으로 비산했다.

선혈이 폭발하고, 공포가 사방을 짓눌렀다.

"아, 아아……."

고염은 양손에 혈강기를 두른 채 제자리에 우뚝 서서 굳어
버렸다.

절정의 무공을 지니고도 도저히 공격해 들어갈 방도를 찾
아내지 못하겠다.

눈에 보이지 않을 듯한 속도로 회전하는 사슬낫 속에 뛰어
드는 것은 자살 행위로밖에 보이지 않았다.

그만큼 압도적이다.

사람의 모든 의지를 차단하는 거대한 벽이 눈앞을 캄캄하

게 만드는 것 같았다.

'사람의 무공이 아니다.'

정사(正邪)를 불문하고 주변에서 상황을 지켜본 모든 이에게 드는 생각이다.

차르르륵—

그사이, 무진의 움직임에 변화가 있었다.

어느새 시산혈해로 변해 버린 참혹한 전장.

그 중심에서 무진은 겸막을 거둔 뒤 세 개의 묵원삭을 밧줄처럼 빙글빙글 꼬아 하늘 높이 쳐들었다.

추비무한연옥십팔로(追翡無限煉獄十八路)!

육마겸(六魔鎌) 전용(全用)!

제삼로 단천무한(斷天無限)!

푸화아악—!

하늘을 가르는 무한한 힘!

일도양단의 기세를 품은 거병(巨兵)이 정면에 서 있는 고염을 향해 떨어져 내렸다. 고염은 그 어느 때보다도 강한 혈광을 발하는 혈강기를 공격이 아니라 방어를 위해 끌어올렸으나, 무진의 일격은 고염의 혈강기를 무참히 박살 낸 뒤 그를 머리끝부터 사타구니 사이까지 수직으로 갈라놓았다.

쿠웅—!

고염의 몸이 앞으로 꼬꾸라진다.

반으로 갈라진 고염의 몸에선 다른 이들과 똑같은 뜨거운 피가 흘러내렸다.

"으, 으아아……!"

"이길 수 없어. 이길 수 없다."

그야말로 압도적!

무진의 모습을 지켜본 혈신교의 무인들은 말을 잃고 몸을 덜덜 떨었다.

서서히 뒷걸음질 치는 무인들.

그들은 싸움에서 도망치면 죽임을 당하는 혈신교의 규율마저 잊어버릴 만큼 공포에 질려 있었다.

파아앙!

"으아악!!"

그런 그들에게 무진이 달려들었다.

마치 먹잇감을 사냥하는 야생동물처럼 순식간에 그들을 덮친 무진은 손바닥을 뻗어 그들의 하단전을 한 번씩 건드렸다.

무진의 손바닥이 아랫배에 닿을 때마다 혈신교의 무인들은 실이 끊어진 인형처럼 바닥에 풀썩풀썩 쓰러져 버린다. 진마흡정공. 하단전의 마정을 흡수하는 절세의 마공이 사용된 것이다.

머지않아 정천맹으로 쳐들어왔던 모든 인원이 제압되었다.

"······."

무진과 정천맹의 무인들 사이에 무거운 침묵이 흘렀다.

처음엔 무진의 등장에 환호했던 그들이지만, 그는 손속이 너무 과했다. 피투성이, 시산혈해. 혈강시의 육체를 망설임없이 박살 내던 무진의 모습이 각인되자, 정천맹의 무인들은 죽은 자들이 구제할 길 없는 마귀들이라는 것을 알면서도 공포를 느낄 수밖에 없었다.

정천맹 이백여 명의 무인.

그들 중에 무진에게 공포를 느끼지 않은 사람은 단 세 사람뿐이었다.

"무진······!"

가장 먼저 앞으로 나선 것은 유원이다.

유원은 당장 무진을 끌어안기라도 할 것처럼 만면에 반가운 미소를 지으며 다가오려 했다.

딱딱하게 굳어 있던 무진의 얼굴도 유원의 그 모습을 보자 조금이나마 풀어진다.

하지만 무진은 그런 유원에게 더 이상 다가오지 말라는 뜻으로 손을 들어 올려 제지했다.

"남진(南進)한 혈신교의 병력과 혈마가 지금 어디에 있는지를 알고 싶다. 알려줄 수 있나?"

딱딱하고 경직된 말투.

무진은 정천맹과 거리를 두기로 마음먹은 것이다.

어떤 수식어를 붙이더라도 무진은 마도인이다. 어차피 정천맹과는 양립할 수 없는 사이인 만큼 무진이 유원과 좋은 사이임을 보여서 유원에게 좋을 것은 없었다.

"……"

하지만 유원은 그런 무진의 마음을 짐작했음에도 고개를 저으며 무진에게 다가오려고 했다.

다른 사람이 어떤 시선으로 보든 간에 자신의 신념을 지키는 사내, 그게 바로 유원이다.

하지만 유원보단 진린린의 목소리가 한발 더 빨랐다.

"아무리 마도인이라고 하더라도 정천맹을 구해준 은인입니다. 차 한 잔도 대접하지 않고 보내서야 우리의 체면이 서지 않아요."

낭랑한 목소리는 모두의 가슴속에 쉽게 파고들었다.

"그러니 들어오세요. 원하시는 것은 모두 알려드리겠습니다."

진린린은 그대로 따라오라는 듯 등을 돌려 건물 안쪽으로 성큼성큼 걸어 들어갔다.

정천맹의 무인들은 아무 말도 하지 않았다.

진린린의 말에 수긍했기 때문이다.

환대는 하지 않지만 배척하고 야유하지도 않는다.

무진은 잠시 망설였으나 이내 양쪽으로 갈라져서 길을 만들어주는 정천맹 무인들 사이로 걸어갔다.

"화운, 함께 가지 않을 건가?"

"……"

유원은 무진의 뒤를 따라가다가 잠시 걸음을 멈추고 벽화운에게 말을 걸었다.

"…흥, 이제 와서 뭐하러. 꼴도 보기 싫을 뿐이다."

유원은 멀찍이 가버리는 벽화운의 등을 보며 빙긋 미소 지었다.

그는 안다.

벽화운의 저런 행동은 그 나름의 '쑥스러움'의 표현이라는 것을.

유원은 즐거운 안색으로 무진이 기다리고 있을 안쪽으로 걸어갔다.

*   *   *

"내가 하고 싶은 말이 많다는 것 알아?"

"…그래?"

"어째서 인사할 틈도 안 줬어? 너무하잖아. 그때 내가 얼마나 섭섭했는지 알아?"

무진은 눈을 흘기는 진린린의 앞에 앉은 채 눈에 띄게 당황하고 있었다.

그건 그가 정천맹의 안쪽에 들어와 있기 때문도 아니고, 진린린이 아름다운 여인으로 성장했기 때문도 아니었다.

진짜 이유는 진린린이 허물없이 대하고 있기 때문.

그 많은 일이 있었음에도 진린린은 무진을 삼 년 전의 그때와 다름없이 대하고 있었다.

'기분… 이 묘하다.'

어쩐지 쑥스럽고 뭘 어찌해야 좋을지 난감한 심정이다.

무진은 진린린에게서 시선을 돌린 채 대답했다.

"그건, 어쩔 수 없었어."

"남자는 변명을 하는 게 아냐."

"…미안했다."

"좋아, 용서해 줄게."

무진은 차마 쳐다볼 수 없었지만, 지금 진린린이 태양 못지않은 환한 미소를 지었으리라는 것은 충분히 알 수 있었다.

"구룡성에서도 사라졌던 것 같던데. 삼 년간은 뭘 했어?"

"…사부와 함께 수련을 했다."

"강해졌어?"

"어."

무진은 지금의 자신은 강하다고 선선히 대답할 수 있었다. 진린린은 '흐응?' 하고 감탄하는 듯한 소리를 냈으나 그에 대해 가타부타 부언을 하지는 않았다.

"혈신교에 대해 말하기 전에 할 말이 있어."

"어떤……?"

"구룡성주를 만난 적이 있어?"

"…구룡성주?"

무진은 깜짝 놀라 버렸다. 지금 이 시점에 구룡성주에 대한 이야기를 들을 줄은 몰랐던 것이다.

"아니, 없어."

"응. 그럼 이 이야기도 처음 듣는 거겠네. 난 구룡성주를 만난 적이 있어. 얼마 전에 총사님과 총군사님, 그리고 내가 함께 있는 자리에 그가 찾아온 적이 있었거든."

무진은 힐끗 옆을 바라보았다.

함께 자리에 착석해 있던 유원은 아무 말도 하지 않은 채 지그시 눈을 감고 있었다.

"그러고 보니 총사와 제갈성은?"

"돌아가셨어. 남경의 정천맹이 불탔을 때. 혈마와 함께 산화하려고 하셨지만… 혈마가 지금까지 잘 살아 있는 것을 보면 아마 실패하신 모양이야."

"…그래?"

"아무튼, 본론으로 들어갈게. 구룡성주는 우리에게 이렇게 말했어. 구룡성의 존재 의의는 마도와 사도의 인물들을 한곳에 집결하는 것에 있다."

무진의 눈썹이 찌푸려졌다.

"당연한 이야기 아닌가?"

"계속 들어봐. 구룡성주가 구룡성을 만들고, 마도와 사도의 마인들을 모아서 대체 '무엇을 하려 하는가' 가 중요한 거야. 그는 마도와 사도의 마인들을 '없애기' 위해 구룡성을 만들었다고 했어."

"뭐……?"

무진은 망치로 머리를 두드려 맞은 듯한 충격을 받았다.

"장자의 사상과 같은 거야. 무언가를 없애기 위해선 반드시 그것을 키워라. 즉, 마도의 힘을 최대로 끌어올려 전성기를 만들어놓은 뒤 그것을 통째로 도려낸다. 그걸 위해 구룡성을 만들었다는 거지."

"그게… 진짜야?"

"총군사님은 반신반의하신 것 같지만 난 믿음이 갔어. 무엇보다 구룡성주의 출신 성분이 한층 더 믿음을 주었지."

"구룡성주의 출신?"

"구룡성주는 주(朱) 씨잖아. 생각나는 거 없어?"

무진의 눈빛이 거세게 흔들렸다.

"설마……."

"그 설마야. 전 황제의 열세 번째 아들. 두 번째 비빈인 이 부인과의 사이에서 낳은 현 황제의 첫째 동생이 바로 구룡성주의 정체야."

"그럼 황실에서… 구룡성을 만들었다?"

"직접적인 도움은 없었지만, 아마 암묵적으로는 이야기가 되고 있었겠지. 말하자면 황실의 무림정화정책(武林淨化政策)

같은 거야. 구룡성주는 그걸 위해 구룡성을 만들었던 것이고."

무진은 상상도 못했던 이야기다. 설마 구룡성주가 황족이었을 줄이야. 지금까진 그저 성만 비슷한 거라고 생각하고 있었다. 그렇다면 그 아들인 주천룡이나 주소화 또한 황족이라는 뜻 아닌가.

사부는 어땠을까?

사부는 이러한 사실을 알고 있었을까?

'잠깐, 뭔가 의문이 든다.'

무진은 번개를 맞은 듯한 충격을 느꼈다.

"사부는… 이걸 알고 있었을까?"

"응, 알고 있었어."

"……!"

"구룡성주가 직접 말해줬어. 살마 종리단, 괴룡 문표웅은 처음 구룡성을 세운 목적을 다 알고 있는 동지들이라고. 그러니 정천맹의 적이 아니라는 이야기도 했어."

잠시 무거운 침묵이 흘렀다.

무진은 생각을 정리한 뒤 진린린에게 물었다.

"그럼 구룡성주가 정천맹에 찾아온 이유는?"

"도와달래."

"무슨……?"

"곧 혈신교가 발호할 것이다. 이제껏 유례가 없던 강력한 힘을 가지고 야망을 드러낼 테니 그때 정천맹이 힘을 보태달라고 말했어."

"······!"

무진은 소름이 끼치는 것을 느꼈다.

구룡성주는 모든 것을 알고 있었다.

혈신교가 발호할 것도, 그 힘이 전례없이 강력하리라는 것도 다 알고 있었던 것이다.

"그런데 어째서··· 구룡성주는 직접 나서지 않는 거지?"

"···아직은 때가 아니라고 말했어. 뭔가 더 큰 것을 노리는 듯한 느낌이었지만··· 너무 그릇이 큰 사람이라 속을 짐작하진 못하겠어."

"······."

"구룡성의 말을 생각해 보면, 구룡성은 반드시 존재해야 하는 곳이야. 언젠가 황실에서 나서서 없애 버리기 전까진 마도인들을 다 모아야 하니까. 그런데 문제가 생겼어."

진린린은 품속에서 양피지를 꺼내 탁자 위에 늘어놓았다.

대륙전도.

군사용으로 만들어진 것인지 상당히 잘 만들어진 상품이었다.

"혈신교가 가진 혈강시는 대략 천 구가량 될 거라고 생각돼. 그리고 혈신교는 그 중에 사백 구를 운용해서 정천맹을 밀어버리고 사천 땅을 점령했어. 그리고 나머지 육백 구는··· 구룡성을 장악하는 데 쓰였어."

"잠깐, 그 말은⋯⋯."

"구룡성은 장악당했어. 정천맹과 마찬가지로. 손쓸 틈도 없이 모든 병력이 학살당하고 구룡성을 빼앗겼어. 그게 바로 삼 일 전에 일어난 일이야."

"구룡성이⋯ 당했다고?"

구룡성.

현 무림 최강의 단체.

마도 최강의 무인인 오마를 중심으로 무적백가, 패력철기대, 황산전장, 천마신교가 한곳에 뭉쳐 있는 구룡성은 구름 위의 존재처럼 감히 손댈 수 없는 막강한 단체다.

그런 곳이 하루아침에 멸망했다?

아무리 혈신교에게 육백 구의 혈강시가 있었다고 해도 도저히 믿을 수 없는 이야기다.

진린린은 그런 무진의 심정을 짐작한 것인지 설명을 덧붙여 주었다.

"혈마의 힘이 중요했어. 전해진 이야기로는 무려 오마 중에 두 사람을 한꺼번에 상대하고도 오히려 여유를 부릴 수 있을 만큼 강했다고 해. 그리고 천마신교의 천마가 혈신교의 수하로 들어갔다는 점도 중요해."

"천마가⋯ 혈마의 밑으로⋯⋯?"

"표면상으로는 혈마와의 '연합'인 모양이지만, 그게 가짜라는 것은 누구나 알고 있어. 생강시라는 게 있는데, 혈마가 어떤 수단을 사용해서 천마를 생강시로 만들고 조종하는 게 아닌가 하는 의견이 지배적이야."

머릿속으로 상상이 되는 듯했다.

구룡성에 있는 주천룡과 주소화.

패마와 패력철기대, 광마와 무적백가, 금마와 황산전장.

이렇게 세 단체가 힘을 합쳐 보지만, 천마와 천마신교를 등에 업은 혈신교를 막기에는 역부족이다.

더군다나 지금의 혈마가 오마 중의 두 사람이 힘을 합친 것보다 강하다면? 안 그래도 서로를 견제하느라 사이가 매끄럽지 못했던 세 단체가 끝까지 서로를 지켰을까? 오히려 때를 봐서 자리를 벗어나기 위해 기회를 노리진 않았을까?

'가능한… 이야기다.'

진린린의 이야기를 들으니 수긍이 갔다.

구룡성은 무너졌다. 지금의 혈신교는 무적이다.

"구룡성은 무너졌지만 구룡성주의 자식인 주천룡과 주소화는 살아남았다고 해. 우습지만 지금의 우리와 비슷한 처지지. 그날 싸웠던 오마 세 사람은 행방불명이 되어버렸고. 구룡성주의 자손들은 하북에서 서장 쪽으로 도주 중이라고 하니까. 쫓는 건 혈마 본인, 아니, 이젠 혈신이라고 불러야 할까? 그자가 직접 쫓고 있어."

진린린의 시선이 고요했다.

눈빛으로 묻는 것 같았다. '이제 너는 어떻게 할 거야?',

'어떻게 해줄 거지?' 라고.

"…가야지."

그래서 무진은 당연한 일처럼 대답해 주었다.

"혈신은 강해. 혈신교의 전력은 무림 역사상 최강이고. 그런데도 갈 거야?"

"갈 거야. 그리고 나도 강해."

"혈신보다?"

"혈신보다 더."

진린린은 빙긋 웃었다.

"그럴 거라 생각했어."

유원도 웃는다.

"무진이라면 그렇게 말할 거라 생각했지."

두 사람은 자리에서 벌떡 일어섰다. 그리고 대륙전도를 둘둘 말아 품 안에 넣더니 당장에라도 떠날 것처럼 채비를 하기 시작했다.

"너희……."

무진은 가슴속 깊은 곳에서 무언가가 울컥하고 흔들리는 것을 느꼈다.

죽을 확률이 높은 일.

그런데도 이들은 망설임없이 따라나선다.

"지금 당장 출발하면 이틀이면 만날 수 있어. 하오문 쪽이 계속해서 연락을 하고 있었으니까 장소는 잘 알아."

"무진, 그런 얼굴 하지 마. 가장 중요하고 힘든 역할을 맡은 건 너다. 혈신과의 대결은 그 누구도 도와줄 수 없어. 안타까운 일이지만… 나는 도움이 되지 않을 테니까."

"…걱정 마."

무진은 생각했다.

이들 두 사람이 있다면 그 어떤 어려움이 와도 헤쳐 나갈 수 있다고, 어떤 강한 적을 만나더라도 얼마든지 이겨낼 수 있다는 그런 자신감이 생기는 듯했다.

"가자."

무진이 밖으로 나가고, 진린린과 유원은 그 뒤를 따랐다. 바깥의 공기는 그 어느 때보다도 시원했다. 해가 져가는 저녁 시간, 지금껏 있었던 일들의 종막을 고하듯 하늘엔 새빨갛게 석양이 지고 있었다.

*　　　*　　　*

사천의 서쪽 지방. 서장으로 들어가기 불과 삼 리밖에 떨어져 있지 않은 지점에서 무진은 주천룡, 주소화 남매와 조우할 수 있었다.

함께 와준 진린린과 유원이 길을 잘 이끌어준 덕분이다.

어떤 지역에 도착하든지 항상 최단 거리로 이동할 수 있도록 탈것이 기다리고 있었고, 길을 이끌어줄 길잡이도 최고의 인재로 준비되어 있었다.

진린린이 전서응을 주고받는 것은 두세 번밖에 보지 못했는데 대체 언제 그런 준비를 다 해놓았는지 모를 일이었다.

주천룡과 주소화 두 사람은 그 외에도 궁귀와 구룡성친위대 몇몇과 함께 있었는데, 그동안 고생이 많았는지 외모가 많이 상해 있었지만 특유의 성품은 조금도 변하지 않았다.

주천룡은 무진을 보자마자 뛰쳐나와 대번에 끌어안을 정도였다.

"무진! 잘 있었구나!"

무진도 반가움을 표하고 싶었으나 그들에게 허락된 시간은 많지 않았다.

혈신 무휼이 곧바로 그들의 뒤를 따라왔던 것이다.

검은색 피풍의로 몸을 가린 혈강시가 무려 백 구.

게다가 그 옆엔 혈신삼호법도 보였다.

도저히 상대할 수 없는 그 전력에 주천룡과 구룡성 일파는 잔뜩 긴장했으나, 진린린이 목에 걸고 있던 호각을 불자 상황은 급변했다.

삐이이이익—!

"으음……!"

혈신교의 병력이 나타나기를 기다렸다는 듯이 양옆에서 모습을 드러내는 수백의 무인.

그들은 살아남은 정천맹의 무인들을 비롯해, 사천혈겁에

서 희생되었던 문파의 생존자들이었다.

"혈신교를 없애자!"

"잔혹한 사파 놈들을 모조리 몰아내자!"

그들의 사기는 최고조. 연신 내뱉는 함성이 평야를 쩌렁쩌
렁하게 울리고 있었다.

스으으으—

"시끄럽군."

하지만 혈신의 한마디에 모든 이들이 입을 다문다.

여전히 온몸에서 뿜어내는 아지랑이 같은 혈광. 만인을 압
도하는 거대한 기세는 여전했다.

"제법 모아오긴 했으나 여전히 우릴 이기기엔 역부족으로
보이는데… 대체 어째서 좋아하는 것이지?"

혈신 무휼은 무진과 눈을 마주치며 묻고 있었다.

마치 네가 누구인지 이미 알고 있다는 듯이 무진의 대답을
종용했다.

"전력상으로는 역부족이 아니야."

"호오, 어째서 그런가?"

"혈강시와 혈신삼호법은 여기 정천맹의 정예들이 처리할
수 있다."

"그럴 것 같지 않은데?"

혈신은 미심쩍다는 듯이 주변의 무인들을 둘러보았다.

제법 실력자들이 모여 있으나, 가장 중요한 '고수'의 숫자

가 턱없이 부족하다.

유원, 벽화운, 주천룡이 있다고 해도 진마의 경지에 오른 혈신삼호법과 비교했을 땐 아무래도 역부족인 것이다.

"아니. 충분해."

"……?"

무진의 말이 떨어지기가 무섭게 혈신교의 병력 뒤쪽에서 일단의 무리가 다가왔다.

숫자는 많지 않았으나 이곳에 있는 그 누구보다도 강한 존재감을 가진 인물들이었다.

"너는……!"

혈신삼호법이 격한 반응을 나타내 보였다.

나타난 자들은 황색 가사를 입은 소림의 승려들.

오십 명가량 되는 승려들 중엔 긴나라승 법현과 공료도 보이고 있었다.

"으음, 과연 저 정도면 충분하겠군."

무휼은 인정했으나, 긴장하거나 당황하는 기색은 보이지 않았다.

당연한 일.

그는 '혈신' 이다.

하찮은 인간들 따위, 몇 백, 몇 천이 몰려오더라도 두렵지 않다.

"혈마 무휼, 어차피 너는 알고 있겠지?"

"무엇을 말이냐?"

"다른 사람의 숫자가 얼마가 되든 상관없겠지. 중요한 것은 너와 나의 승부다."

"…호오, 살마의 후예 주제에 그런 말을 입에 담을 수 있는 건가?"

"후예가 아니다. 당대의 살마가 바로 나다."

위풍당당한 선언.

강대한 기세를 뿜어내는, 무진이 하단전에 품고 있는 것은 나살문의 대대로 이어진 일만가량의 마정이다. 무진은 당당하게 무휼을 마주 보았다.

"사부로부터 이어진 악연은 여기서 끝내겠어. 덤벼라, 혈마. 이걸로 끝을 내자."

무휼은 큰 소리로 웃음을 터뜨렸다.

"우습군. 사부와 제자가 전부 건방져. 무공을 가르치면서 그 오만함도 계속 이어지는 것인가."

무휼의 몸이 공중으로 떠오른다.

그 상태로 온몸에 휘감은 혈광이 몇 십 배나 짙어지는 무휼.

만혈지공.

일만의 생명을 희생시켜 얻은 거대한 힘이 하늘을 찌를 듯 솟아오르고 있었다.

더 이상 그의 육체가 보이지 않을 지경이 되었을 때, 무휼은 마치 신과 같은 목소리로 말했다.

"덤벼라. 살마 따위, 도전해 온다면 몇 번이고 짓눌러 주겠다."

후우우웅─!

무진도 묵원삭과 육마겸을 모두 꺼내 들었다.

두 개의 묵원삭이 공중으로 떠오르고, 아직까진 단 한 번도 한꺼번에 사용된 적이 없는 육마겸이 그 모습을 드러냈다.

뢰겸(雷鎌), 운겸(雲鎌), 우겸(雨鎌), 풍겸(風鎌), 폭겸(爆鎌).

그리고 최강의 무구 진살마겸(震殺魔鎌)까지.

가진 바 모든 것을 꺼내 든 무진이 일만의 마정으로부터 내력을 받아들였다. 사용하는 것은 연성박뢰포. 일격필살의 무공으로 승부를 준비했다.

"타아앗─!"

"하아앗─!"

부딪치는 기합성. 천지를 뒤흔드는 경천동지의 싸움.

훗날 육영마군(六影魔君)의 전설이라고 불리는 이야기는 이렇게 시작되었다.

『마도협객전』 완결

마도협객전을 마치며

　지금껏 마도협객전을 읽어주신 독자분들께 진심으로 감사하단 인사를 드리고 싶습니다. 돌이켜보면 용두사미(龍頭蛇尾)가 아니었나 싶습니다. 시작할 땐 '판타지의 헌터물과 같은 장르를 무협에서 써보자!' 라는 포부를 안고 시작했는데 글을 쓰다 보니 점점 다른 방향으로 가버리더군요.

　역시 글을 쓴다는 것도 쉬운 일이 아닌 듯합니다.

　글 속에 만들어놓은 인물과 내용이 멋대로 살아서 움직이는 느낌이랄까요. 그걸 잘 통제해서 원하는 방향으로 이끌 수 있는 분들이 좋은 작가라는 것을 이번에 깨달았습니다.

　마도협객전 1권부터 6권까지 말도 많고 탈도 많은 시간들이었습니다.

　제게는 얻은 것이 많은 시간이었지만, 도중에 개인적인 사정으로 출간이 늦어져서 오랫동안 기다리셔야 했던 독자분들과 저 때문에 고생 많이 하신 청어람 출판사의 편집부 분들께 너무나 죄송합니다.

특히 제 담당 편집자이자 집필의 동반자였던 어정원 씨께 너무나 감사했다는 말씀 드리고 싶습니다. 자기 글처럼 마도협객전을 아껴주시고, 관심을 쏟아주셨지요. 정말 좋은 편집자란 이런 분이 아닐까 생각합니다. 다만, 제가 많이 부족하여 그만큼 좋은 글이 나오지 않아서 죄송할 뿐입니다.

마도협객전은 여기서 끝나지만, 백무진의 글은 여기서 끝이 아닙니다.

다음에 다른 글로 다시 찾아뵐 때까지, 이 글을 읽어주시는 모든 분들께서 건강하고 행복한 일들만 가득하시길 바랍니다.

백무진(白武進) 올림

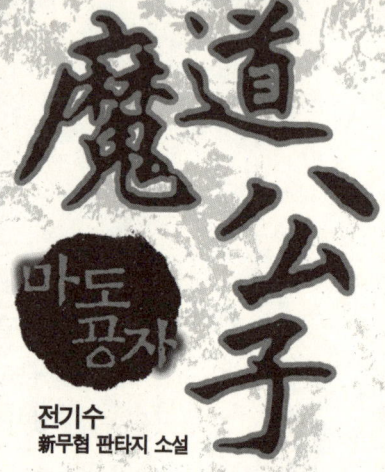

장영훈 新무협 판타지 소설

절대강호

絶代强虎

보표무적, 일도양단, 마도쟁패, 절대군림에 이은
장영훈의 다섯 번째 강호 이야기.
절대강호(絶代强虎)!!

악의 집합체 사악련에 맞선 정파강호의 상징 신군맹.
신군맹이 키운 비밀병기 십이귀병. 그들 중 최강의 실력을 지닌 적호.

"우리가 세상을 얻기 위해 자식을 죽일 때…
그는 자식을 위해 세상과 싸우고 있어. 웃기지?"

신군맹 후계 자리를 차지하기 위한 대공자와 삼공녀의 치열한 암투 속에서
오직 딸을 지키기 위한 적호의 투쟁이 시작된다.

"맹세컨대, 내 딸을 건드리면…
상상도 할 수 없는 일이 벌어질 거야."

Book Publishing CHUNGEORAM

유행이 아닌 자유추구 -
WWW.chungeoram.com

김용희 新무협 판타지 소설

天府天下
천부 천하

강호와 천하를 삼킨 천부(天府).
천부천하를 뒤흔든 게을러빠진 천재가 나타났다!

어떤 무공이든 한눈에 익힐 수 있는 공전절후한 무위,
좌수(左手) 마두, 우수(右手) 대협으로 펼치는 독창적인 무쌍류,
빼어난 요리 실력과 정도를 아는 횡령(?)까지.
놀라운 재능을 가진 무림의 신성 이무쌍!

그가 친우(親友) 소운과 자신의 안락함을 위해 강호에 섰다!
가슴 따뜻한 무쌍의 인정 넘치는 이야기.
천부천하(天府天下)!

Book Publishing CHUNGEORAM

유행이 아닌 자유추구 -
WWW.chungeoram.com

Dragon order of FLAME 폭염의 용제

김재한 판타지 장편 소설

「사이킥 위저드」,「마검전생」의 작가 김재한!
그가 그려내는 새로운 액션 히어로가 찾아온다!

모든 것을 잃고 복수마저 실패했다.
최후의 일격마저 막강한 레드 드래곤 앞에서 무너지고,
죽음을 앞에 둔 그에게 찾아온 또 하나의 기회!

"네 운명에 도박을 걸겠다."

과거에서 다시 눈을 뜬 순간,
머릿속에 레드 드래곤의 영혼이 스며들었을 때,
붉은 화염을 지배하는 용제가 깨어난다!

강철보다 단단한 강체력을 몸에 두른
모든 용족을 다스리는 자, 루그 아스탈!

세상은 그를 '폭염의 용제'라 부른다!

Book Publishing CHUNGEORAM